8° Yth
8003

GOUVERNEUR,

COMEDIE

EN TROIS ACTES EN PROSE,

DÉDIÉE A S. A. S. MADAME

LA DUCHESSE D'ORLEANS.

Par M. le Chevalier DE LA MORLIERE.

Représentée pour la premiére fois par les Comédiens Italiens le 11. Déc. 1751.

. . . . . . Neque te ut miretur turba labores
Contentus paucis lectoribus. Horat.

Le prix est de trente sols.

A PARIS,
Chez J. F. QUILLAU, Fils, Libraire, rue Saint Jacques, vis-à-vis celle des Mathurins, aux Armes de l'Université.

M. DCC. LII.
APPROBATION ET PERMISSION.

A SON ALTESSE SERENISSIME MADAME LA DUCHESSE D'ORLEANS.

ADAME,

Vòs bontés seules pouvoient remplir l'espace immense qui nous sépare, & rendre mon hommage en quelque façon plus digne de celle à qui il est présenté: vous ne trouverez point ici de vaines louanges, je sçai jusques à quel point votre modestie m'ordonne de m'en dispenser, mais votre éloge est dans le cœur de tous les gens de goût, & vous êtes plus faite que personne pour sentir tout le prix d'un avantage si rare ; le plus grand que je puisse desirer à mon tour est sans doute votre suffrage, daignez l'accorder à ce foible essai, ce bienfait surpassera toutes mes espérances, il sera pour moi le monde entier & la postérité.

Je suis avec le plus profond respect,

MADAME,

DE VOTRE ALTESSE SÉRÉNISSIME,

Le très-humble & très-obéissant serviteur,
Le Chr DE LA MORLIERE.

AVERTISSEMENT.

ON ne ſe croit point diſpenſé de donner ici quelques éclairciſſemens, au ſujet d'une piéce qui a occaſionné dans le Public tant de diſcours & de ſentimens oppoſés; elle avoit d'abord été deſtinée au Théâtre François, & il ne ſera pas difficile aux connoiſſeurs & même à ceux qui ont le moindre uſage du ſpectacle, de reconnoître les Acteurs que le genre des rôles indique, & l'eſpéce de talent ſur laquelle on avoit compté pour les faire valoir. Des circonſtances dont le détail ſeroit inutile ici, ayant empéché l'Auteur de prendre les meſures néceſſaires pour la faire jouer à ce Théâtre, & la ſéduction des conſeils particuliers s'étant jointe à la néceſſité de ſa poſition actuelle, il s'eſt vû obligé de donner ſa piéce au Théâtre Italien, & par conſéquent dans le cas d'être immolé à ce préjugé inſoutenable, qui en ſuppoſant même une égalité d'efforts & de talents dans ces derniers, n'en enleve pas moins aux piéces Françoiſes qu'ils jouent les trois quarts de leur valeur réelle, ou ne leur laisse espérer qu'une justice lente & réfléchie, qui dans un siécle tel que le nôtre, ne répare jamais l'impression du premier moment.

Aussi est-on bien éloigné de vouloir porter coup aux éloges que peuvent mériter ceux dont le talent a continué de se montrer avec avantage dans cette Comédie, on se loue même de tous en général, il n'appartient qu'au Public de désigner ceux qui ont le premier droit à son suffrage, & on s'en rapporte à lui d'autant plus volontiers dans cette occasion, qu'on a remarqué que son sentiment sur la façon dont les différents rôles ont été rendus, est précisément celui de l'Auteur, & de ceux qui prennent le plus d'intérêt à la piéce.

Au reste personne n'ignore qu'elle a paru au Théâtre dans le moment le plus défavorable, qu'elle a eu contr'elle le Chapitre infini des événemens, & les efforts de cette Nation aussi méprisable que nombreuse, de gens envieux & incapables de tout, qui semblables à ces vils oiseaux de la Gréce ne sont à craindre que par leur multitude & le bruit de leurs croassemens: joignez à cela de se voir en concurrence avec des succès aussi singuliers pour le présent que pour l'avenir, de lutter contre des ennemis & contre des enthousiastes, en vérité c'étoit trop de moitié, & il a paru préférable de retirer cette piéce du Théâtre, au moins pour le moment, au moyen de quoi la voila soustraite à la sotte prévention de l'imbécille vulgaire, pour être soumise au jugement impartial de l'homme de goût, en un mot au grand jour du cabinet qu'on ose dire qu'elle peut ne pas appréhender, mais qui est l'écueil fatal des succès éphéméres, contre lequel toutes les illusions Théâtrales viennent se briser sans retour.

Quelques gens aussi ignorans qu'injustes, ont eu la mauvaise foi d'avancer que cette piéce étoit une satyre amére des femmes, que ce sexe y étoit impitoyablement déchiré : mais cette absurde objection tombe d'elle-même, en ce que personne n'ignore que pour le contraste du Théâtre, on est obligé de donner au vice un relief aussi frappant qu'à la vertu, que la correction Théâtrale qui tombe à plomb à la fin d'une piéce sur le caractére odieux, paroitroit injuste & déplacée si ce même vice n'y étoit pas peint dans toute sa laideur, & que d'ailleurs les deux sexes qui constituent ici les deux rôles principaux, y sont traités avec aussi peu de ménagement l'un que l'autre, pour mettre dans un jour inévitable le ridicule qu'on se proposoit d'attaquer; ce qu'il y a donc de plus raisonnable à conclure d'un grief aussi mal fondé, c'est que, si par hazard les hommes l'ont imaginé, c'est une façon bien gauche de faire sa cour au sexe, en rompant des lances pour une querelle imaginaire, lorsqu'ils ont tous les jours pour lui des mauvais procédés plus réels, si au contraire il part de la tête des femmes, on demande pardon de la conséquence, mais on la croit infaillible, toutes celles qui se sont élevées contre le rôle de la Comtesse, pourroient faire croire qu'elle leur ressemble au pied de la lettre.

On ne peut se refuser d'ajoûter encore ici pour détruire toute idée de personalité & d'imputation, qu'on n'est point éloigné de la remettre un jour au Théâtre, lorsqu'on aura vu s'écrouler ces goûts passagers & inconséquens, cette fureur de miséres notées, ou autres farces semblables que le bon goût foule aux pieds tôt ou tard: alors on pourra compter sur le mérite réel des Acteurs, qui ne seront point obligés d'abandonner ou au moins de négliger leur véritable genre pour fléchir ſous le joug que leur impoſe la néceſſité de plaire; néceſſité que le Public pour ſon propre intérêt, devroit reſpecter davantage, & ne point exiger d'eux de baſſes momeries, d'inſipides vaudevilles, qui deshonorent également & le talent de ceux qui les jouent & le goût de ceux qui s'y amuſent.

ACTEURS.

LA COMTESSE DE FOLINCOURT, Tante de Lucie.

LE MARQUIS DE BRILLANVILLE.

ARISTE, Gouverneur du Comte de Colizan.

LE COMTE DE COLIZAN, éléve d'Ariste.

LUCIE, Niéce de Madame de Folincourt.

FINETTE, Suivante de la Comtesse.

FRONTIN, Valet du Marquis de Brillanville.

ARLEQUIN, Valet de la Comtesse de Folincourt.

La Scéne est à Paris chez la Comtesse de Folincourt.

LE

LE GOUVERNEUR.

ACTE PREMIER.

SCENE PREMIERE.

LUCIE *seule.*

QUE ma situation est accablante, & qu'il est peu de jeunes personnes qui ayent connu d'aussi bonne heure la douleur & l'adversité ! Elevée dans une maison qui me devient à chaque moment plus étrangére, privée depuis que je respire de la satisfaction de voir les auteurs de mes jours, à quel triste avenir me vois-je réservée ? Madame de Folincourt me presse d'embrasser le parti de la retraite : ah ! loin de t'oppoſer à ſes deſſeins, loin de chercher à pénétrer les motifs qui les lui inſpirent : fuis malheureuſe Lucie, cache-toi aux yeux de tout l'univers, & déguiſe toi, ſi tu le peux, des ſentimens qui ne ſerviroient qu'à troubler ton repos; mais juſte ciel j'apperçois le jeune Comte ! dans les inquiétudes mortelles qui me dévorent, je ne pouvois rencontrer d'objet plus capable de les augmenter.

SCENE II.

LUCIE, LE COMTE DE COLIZAN.

LE COMTE.

ENFIN, belle Lucie, j'ai réuſſi à vous trouver, je viens de l'appartement de votre tante, votre abſence l'a rendu à mes yeux une ſolitude affreuſe, je n'ai pu me rendre le maître de mon trouble, vous êtes trop néceſſaire à mon bonheur, je vous revois, ah qu'une préſence ſi chére eſt bien propre à me faire oublier toutes mes peines.

LUCIE.

Comte, ne me tenez plus un pareil langage, plus il flatteroit mon cœur, plus il me seroit dangereux d'y répondre... Le peu de temps qui nous reste à nous voir...

LE COMTE.

Ciel, Mademoiselle, que dites-vous; le peu de temps qui nous reste à nous voir! Quoi, est-ce là cet amour dont l'aveu m'élevoit à une félicité digne d'envie? Est-ce là le prix que vous réserviez à une tendresse que vous n'avez point dédaignée; cruelle, c'est ma mort que vous voulez, je ne le vois que trop, mais de grace expliquez-vous, ne craignez point de m'accabler, par quel malheur suis-je donc menacé de vous perdre?

LUCIE.

Eh bien! puisque vous l'exigez; je vais vous parler sans détour; vous n'ignorez pas que le Comte de Furval mon pere, frere de Madame de Folincourt, fut obligé de passer aux Indes très-jeune pour se soustraire aux poursuites que ses dérangemens avoient occasionnés contre lui; instruit par le malheur, & obligé par sa situation à embrasser le parti du commerce, une conduite sensée répara bientôt les désordres de sa jeunesse, il amassa des biens immenses, que son mariage avec une riche Créole augmenta encore considérablement; je fus l'unique fruit de cette union, & à peine étois-je âgée de deux ans, qu'il m'envoya en Europe auprès de la Comtesse de Folincourt sa sœur, pour y être élevée avec tous les soins que sa naissance & ses nouvelles richesses exigeoient.

LE COMTE.

Ma chére Lucie, quoique rien de ce qui vous touche ne puisse m'être indifférent, je ne vois pas quel rapport peut avoir ce détail avec le malheur dont vous me menacez; me feriez-vous l'injustice de croire que vos richesses ayent déterminé mon inclination, & lorsque je vous ai offert l'hommage d'un cœur aussi pur que le feu que vous y avez fait naître, avez-vous soupçonné que des vûes si fort au-dessous de mes sentimens...

LUCIE.

Vous êtes bien injuste d'oublier que je vous ai cru trop promptement pour avoir eu le temps de faire des réflexions contre vous ; vous connûtes bientôt toute la foiblesse d'un cœur qui conspiroit à redoubler vos avantages, & vous y comptez sans doute encore pour les reproches dont vous m'accablez.

LE COMTE.

Ah pardon mille fois, adorable Lucie ; je mériterois, il est vrai, tout votre courroux si mon amour n'étoit encore bien plus grand que mes injustices ; mais de grace achevez de me tirer d'inquiétude, & croyez que je meurs si je vous perds.

LUCIE.

La Comtesse de Folincourt ma tante, prit de mon enfance & de mon éducation tout le soin qu'on pouvoit attendre d'une parente zélée & d'un cœur bien fait : mais vous le dirai-je, à peine ai-je atteint l'âge de raison que j'ai apperçu un changement visible dans toute sa conduite, une aigreur perpétuelle a succédé à son ancienne amitié, & votre présence & celle du Marquis de Brillanville ne font que l'augmenter encore; enfin il y a quelques jours qu'elle me fit appeller dans son cabinet, pour m'annoncer sans ménagement que des nouvelles très-récentes des Indes lui apprenoient le renversement total de la fortune de mon pere, qu'on ignoroit même ce qu'il étoit devenu, & qu'il n'y avoit plus pour moi que le parti de la retraite qu'elle m'ordonnoit de suivre sans balancer.

LE COMTE.

Et voilà donc le coup cruel qu'elle avoit à nous porter; quoi vous avez pu y consentir, vous n'avez point craint mon desespoir, eh bien c'est à moi seul à parer un coup si terrible; je vais trouver M. Ariste; je vais lui tout avouer, il verra l'excès de mon amour & de ma douleur; je me jetterai aux pieds de mon pere, je lui suis cher sans doute, il craindra de me perdre, & il verra trop combien il doit s'y attendre s'il m'ôte l'espoir d'être à vous; je ne ménagerai rien, si je l'implore vainement, l'univers entier me répondra d'une privation si cruelle.

LUCIE.

Modérez-vous, cher Comte, & ne m'ôtez pas par votre desespoir le peu de fermeté qui me reste. Mais vous flatiez-vous que M. Ariste... Je ne sçai... Je ne puis définir l'espéce de sentiment que produit en moi la vue de cet homme respectable, j'ai pour lui une amitié tendre mêlée de crainte, ces deux sentimens se combattent, mais la tendresse l'emporte, sans que je puisse m'en rendre raison à moi-même; enfin quand il seroit pour nous, croyez-vous que M. le Duc votre pere...

LE COMTE.

Ah si je gagne M. Ariste, mon pere ne me paroit plus à appréhender, mon gouverneur vous aime, j'ai cru m'en appercevoir; j'ai hasardé plusieurs fois de lui parler de vous, cette conversation paroissoit lui faire une impression singuliére, une émotion violente, une rougeur subite se répandoit sur son visage, il me répondoit avec une complaisance mêlée de tendresse... Vous vous troublez, Lucie!

LUCIE.

Je ne vous cache point ce qui se passe dans mon intérieur, si je retrouvois mon pere, il seroit de son âge, peut-être même il auroit le cœur bon & tendre comme lui, il entreroit dans nos peines, il s'empresseroit de les faire finir ; pere trop malheureux, votre tendre fille vous auroit-elle perdu pour toujours ? Mais Comte, il faut rentrer, une plus longue absence...

LE COMTE.

J'apperçois le valet du Marquis, je ne crains point dans votre cœur la concurrence de son maître, mais il me paroît dangereux d'être éclairé par l'un ou par l'autre : le seul plaisir de faire du mal rend cette espéce de gens aussi actifs que leur intérêt personnel, je vais vous conduire à l'appartement de votre tante, & je vous quitte pour donner tous mes momens au plus pressant intérêt de ma vie.

SCENE III.

FRONTIN *seul.*

OUAÏS, voilà des gens que ma présence déconcerte; mais, mais je n'en suis point surpris, nous n'avons qu'à paroître, pour déranger, pour arrêter court toutes les passions de l'univers. Morbleu! c'est quelque chose de divin que de servir un homme de qualité, bel esprit & petit Maître; &, après tout, je ne pouvois mieux faire que de quitter M. d'Ormassif, cet insipide Financier chez lequel je m'étois engagé sans réflexion, & de m'attacher au Marquis de Brillanville. Depuis que j'ai lié ma destinée à celle de cet homme-là, je me connois de jour en jour un mérite! .... des talens! ... ah! ... qui me pénétrent d'un respect infini pour moi-même; il se développe en moi, à chaque instant, une quantité de choses... *Il rêve.* Non, vous dis-je, M. Frontin, vous n'êtes point fait pour demeurer laquais; un garçon comme vous doit figurer un jour dans un certain monde, & oublier, comme tant d'autres, son premier état, & les injustices d'une fortune aveugle.... Mais j'apperçois la charmante Finette : Là, M. Frontin, tout doucement, perdez de vue un moment la fortune pour vous souvenir que vous êtes laquais, & qui plus est laquais d'un Seigneur mal-aisé, qui ne fait pas peu de fonds sur votre adresse pour réparer sa noblesse délâbrée.

SCENE IV.

FINETTE, FRONTIN.

FRONTIN.

EH bien, mon adorable, ma Sultane, lumiére de ma vie, source de ma joie.

FINETTE.

Ah ! trêve de douceurs ; on voit que le Seigneur Frontin a l'esprit orné, qu'il a lu, d'un bout à l'autre, les mille & une Nuit, & les contes Mogols, mais je ne sens point assez d'esprit pour répondre à tout cela.

FRONTIN.

Eh ! que diable ! dequoi t'avises-tu de

m'interrompre au milieu d'une phraſe qui alloit être d'une magnificence, d'une tendreſſe, d'une obſcurité! ... tu faislà une perte irréparable, mon enfant, mais pour éviter ſemblable accident à l'avenir, accoutume-toi, ſi tu peux, à jouir de tout mon eſprit, & je te promets en échange de ne rien oublier pour deſcendre à la portée de ton génie, car enfin, il faut bien mettre du ſien dans le commerce.

FINETTE.

Oui, & ſur tout de la franchiſe, & pour commencer par te donner l'exemple ſur ce point, ſçais-tu bien que tu deviens d'une fatuité dont rien n'approche, & que depuis que tu as fait la folie d'entrer au ſervice du Marquis de Brillanville, il ſemble que tu copie préciſément d'après lui, ces airs faſtueux & impoſans, ce babil louche & précieux qui le rendent l'objet du mépris de tous les honnêtes gens.

FRONTIN.

Dis plutôt de l'inſipide vulgaire, nous ne connoiſſons d'honnêtes gens, de gens d'une certaine façon, que ceux qui vivent, penſent & agiſſent comme nous, le reste est sur la terre pour végéter & pour servir à nos besoins, & si je voulois entrer dans un certain détail philosophique..... mais ta présence.... tes charmes... & mon amour m'inspirent d'autres soins, & si tu voulois répondre à ma tendresse.

FINETTE.

Modére tes transports & souviens-toi que je t'ai reproché d'être un fat; un Amant de cette espéce m'aura toujours plus difficilement qu'un autre.

FRONTIN.

Tu me fais des objections furieusement bourgeoises, & je ne conçois pas comment Madame de Folincourt, ta maîtresse, n'a point contribué par son exemple & par ses leçons à polir cette rudesse de naturel qui défigure tes graces; mais à propos d'elle & de mon Maître, eh bien, qu'en dis-tu? ferons-nous des mariages? Je suis pressé, je t'en avertis, je conçois qu'entre gens bien nés, on se doit des égards, & que nous ferons à nos Maîtres la politesse de les laisser passer les premiers, mais aussi qu'ils se dépêchent, car enfin je suis las de me morfondre.

FINETTE.

Finis, je te prie, & explique moi les intentions du Marquis de Brillanville, & quelles peuvent être ses idées en venant dans cette maison avec autant d'assiduité? je ne crois pas que ma Maitresse en puisse être l'objet, ils se connoissent trop bien pour cela, & pour Mademoiselle Lucie ce seroit bien envain de toutes façons qu'il auroit en vûe....

FRONTIN.

Eh, de quel droit, je te prie, me fais-tu toutes ces questions?

FINETTE.

Eh, dequoi t'avises-tu toi-même de deshonorer notre métier en affectant de la discrétion sur les affaires de ton Maître?

FRONTIN.

Un grand homme a dit qu'on se repentoit souvent d'avoir parlé, & jamais de s'être tû.

FINETTE.

M. Frontin, un Valet bel esprit ne me sera jamais de rien, je vous en avertis, je connois trop bien cette espéce pour m'y exposer, je sçai trop les désagrémens qui en résultent & le peu de dédommagement qui les reparent.

FRONTIN.

Tu appuie furieusement sur ce dernier article, & tu me parois terriblement difficile à dédommager.

FINETTE.

Je ne crois pas que je te mette jamais à portée de sçavoir à quoi t'en tenir là-dessus; au surplus garde ton secret, je sçais bien les moyens....

FRONTIN.

Mais aussi, quelle idée aurois-tu de moi, si j'allois te dire que le Marquis de Brillanville, mon Maître, ne montre un certain attachement pour Madame de Folincourt ta maitresse, que pour se procurer les occasions de voir Mademoiselle Lucie; qu'il veut tâcher de prévenir sa retraite, & qu'il y est excité par une découverte qu'il a faite, & que j'ignore encore, dont j'enrage; que M. Ariste, cet homme perpétuellement raisonnable, & son pupille le Comte de

Colizan, qui viennent chez ta Maitresse, lui pésent étrangement, & qu'il a résolu à quelque prix que ce soit de s'en défaire; mais, mais que diable, tu vois bien que je ne puis pas te dire tout cela, & que je suis obligé en conscience au secret le plus profond.

FINETTE.

Tu es, sans doute, le modéle des Valets discrets; mais entre nous, je doute que ton Maître réussisse aisément, & ma Maitresse, quoi qu'à peu près de la même humeur que luï, ne laisse pas dans cette occasion-ci, que d'avoir de petites intentions toutes opposées.

FRONTIN.

Oh, nous aimons les choses difficiles, c'est où nous brillons mon Maître & moi; nous sommes adorés, le plus fort est fait, mais j'apperçois le Seigneur Arlequin; me feras-tu bientôt la faveur d'écarter ce marouffle? car je t'avouerai confidemment que je n'aime point à me commettre.

SCENE V.

FINETTE, FRONTIN, ARLEQUIN.

ARLEQUIN.

JE cherche Finette ; me trompai-je, & n'est-ce pas elle que j'apperçois avec cet animal de Frontin ? ma foi, il n'est que trop vrai, & cela me donne martel en tête.

FRONTIN.

M. Arlequin a l'air rêveur, pourroit-on sçavoir ce qui a l'avantage d'occuper une tête comme la sienne ?

ARLEQUIN.

Mais, rien de si aisé, je vais te le dire ; je suis occupé de sçavoir comment tu peux occuper quelqu'un, & si Finette vouloit m'éclaircir là-dessus ?

FINETTE.

Tu me suppose donc plus de pénétration qu'à toi ; je t'avoue que je n'ai point l'art de deviner.

FRONTIN.

Comment diable, Arlequin tire sur moi, & tu te ranges de son parti, en vérité cela est trop fort, & je ne vois pas que je puisse me défendre, eh bien, Monsf. Arlequin, tu es donc amoureux ? Là, fortement épris, jaloux de moi par conséquent, d'honneur j'en suis on ne peut pas plus allarmé.

ARLEQUIN.

Ecoute, tu ne serois pas le premier à qui j'aurois donné de semblables inquiétudes, mais les trois quarts du temps ce n'étoit pas ma faute, il n'y avoit point de projet de ma part; dans cette occasion-ci, cela est différent, c'est un dessein formé, & je te conseille de prendre ton parti, demande à Finette plutôt.

FINETTE.

Moi, que veux-tuque je dise... il me paroîtroit très-indécent de vous aigrir, d'ailleurs je ne suppose pas à Frontin des vûes...

ARLEQUIN.

Tu vois, mon pauvre Frontin, rien

n'est si clair; il me fait une espéce de pitié, eh, que diable, Finette, ne lui donne pas un congé si formel, jusques à notre mariage, je lui permets de t'excéder.

FRONTIN.

Mais, finissez donc, vous autres, vous me serrez la mesure à un point... enfin, mon cher Arlequin, tu es donc le fortuné mortel, le préféré..... cela est on ne peut pas plus plaisant, car par le hazard du monde le plus singulier, tout se trouve dans les régles.

FINETTE.

Je voudrois bien sçavoir ce que tu prétens sous-entendre avec ton air caustique?

FRONTIN.

En vérité, c'est aussi vouloir s'aveugler soi-même, car cela saute aux yeux, ah, ah, ah, plus je regarde cette figure, plus je trouve l'énigme aisée à expliquer.

ARLEQUIN.

Je suis déja persuadé que ta fatuité seule nous en donnera la clef, mais n'importe, parle, il t'est permis d'avoir de l'humeur.

FRONTIN.

J'ai d'abord tiré ton horoscope; en te voyant, je te trouve taillé en mari, tu as avec ces Messieurs une ressemblance qui est à effrayer.

FINETTE.

Si tu voulois bien tâcher que je ne fus pas de moitié de tes applications.

ARLEQUIN.

Va, laisses-le dire, si je l'emporte sur lui, l'inquiétude qu'il me causera n'est pas capable de me faire balancer un moment.

FRONTIN.

Oh, je te crois de reste, & j'imagine que depuis que tu te connois, tu as eû tout le temps de faire provision de patience, & de t'armer contre les événemens, mais pour Finette, il seroit absurde qu'elle fût de moitié de ton extravagance, & quoique, si j'avois un mari à lui donner, je te choisisse entre mille autres, je lui conseille cependant de ſe munir d'un autre préſervatif, tu ne flatte pas aſſez ma vanité.

ARLEQUIN.

Va, je t'aſſure que ſi je redoutois quelque choſe en l'épouſant, ce n'eſt pas ce dont tu pourrois être la cauſe.

FRONTIN.

Ah, tu me prens à parti, tant mieux, on ne ſe mét jamais en colére que de dépit de ſe croire humilié, épouſe-là, ſi tu l'oſe, je t'aſſure que je ſerai comblé, car pour moi, actuellement, je n'oſerois le faire, dans la crainte de t'avoir ſur les bras.

FINETTE.

Ceſſe, je te prie, de faire des diſpoſitions, les miennes n'y ſeroient peut-être pas conformes, ſois ſeulement ſûr que celui qui m'aura, laiſſera fort peu d'eſpérance à l'autre.

FRONTIN.

Je veux bien te croire, mais tu conviendras auſſi avec moi, qu'il eſt fait pour en faire concevoir aux gens les plus modeſtes.

ARLEQUIN.

Et ta ſuffiſance m'en donne de beaucoup mieux fondées, je vaïs même te prouver juſqu'à quel point tu me raſſure, je te laiſſe encore avec elle, plus elle te verra, moins je dois te redouter. *Il ſort.*

FRONTIN.

Mais, mais, en vérité il m'allarme, ah! je te prie, Finette, raſſure-moi, car ſa confiance m'écraſe entiérement, après tout, je vois bien que j'aurois tort de m'inquiéter, cependant j'ai ſouffert un moment, car quoique je ſois bien ſûr d'être adoré, & que j'aye ſouvent lû dans ton cœur....

FINETTE, *malicieuſement.*

Adieu, je vois venir ton maître, & ma pudeur m'empêche de ſoutenir tes regards devant lui.

FRONTIN.

Eh, va, va mon enfant, tranquilliſe-toi, nous finirons, nous finirons, oh! parbleu M. Frontin, vous êtes d'un commerce trop dangereux, comment diable, pas une qui en échappe, dès qu'on vous voit....

SCENE VI.

LE MARQUIS DE BRILLANVILLE, FRONTIN.

LE MARQUIS.

QUE fais-tu là?

FRONTIN.

Mais, je révois à l'obsession continuelle qu'on éprouve de la part des femmes; ces créatures-là sont d'un apprêté, en vérité quand on est fait d'une certaine façon....

LE MARQUIS.

Que diable, est-ce que la tête te tourne?

FRONTIN.

Ma foi, Monsieur, en tout cas, c'est d'après d'excellens modéles, & quoi qu'on soit d'un état qui... là.. à le considérer d'une certaine façon, n'est pas honoré comme il devroit l'être, on n'en est pas moins en bûte aux persécutions du beau sexe, & assassiné de déclarations, en vérité, c'est quelque chose de si onéreux qu'on ne peut y tenir.

LE MARQUIS.

M. le faquin, trêve de mauvaises plaisanteries, votre pinceau est trop grossier pour de semblables copies, parlons de mes affaires, as-tu vû Finette? Sçais-tu les dispositions de Madame de Folincourt? La retraite de Lucie est-elle décidée? Le jeune Comte l'a-t-il vûe? Ariste est-il là dedans? Parle moi, réponds, que sçais-tu, que t'a-t-on dit?

FRONTIN.

Cette Finette là m'adore, je ne sçais pas comment faire avec elle, & je crois que, pour m'en débarrasser, je serai obligé d'avoir quelques bontés... car, enfin...

LE MARQUIS.

Répondras-tu à mes questions, bourreau, ou veux-tu que je travaille à ralentir tes idées amoureuses, je connois un spécifique...

FRONTIN.

Ma foi, Monsieur, vous devenez si persuasif, qu'on ne sçauroit vous résister, mais avant de répondre à vos questions, me seroit-il permis à mon tour de vous en faire quelques-unes ? Je suis valet & par conséquent curieux, & quoique j'entrevoye une partie de vos projets, je crains que trop de pénétration de ma part ne me fasse quelquefois entendre finesse à des choses toutes simples.

LE MARQUIS.

J'admire ta modestie, & je vais tâcher de la tranquilliser ; apprens donc pour la derniére fois, que Madame de Folincourt eut jadis un frére aux Indes, qu'un dérangement de jeunesse obligea d'y passer, & qui y fit, dit-on, une très-grande fortune ; que ce frére envoya en Europe, une fille unique qu'il avoit, pour y être élevée sous les yeux de sa sœur ; que cette jeune personne qui est devenue un prodige d'esprit & de beauté, est cette même Lucie que tu vois ici tous les jours ; que sa tante qui d'abord eut pour elle toute la tendresse que méritoit un enfant aussi aimable, a vu avec dépit depuis quelque temps, des perfections qui nuisent furieusement aux prétentions que la bonne Dame conserve encore ; que pour se délivrer

délivrer d'une comparaison aussi désavantageuse pour elle, elle a feint d'avoir reçû des nouvelles qui lui apprennent que son frére est mort de douleur de la perte de la plus grande partie de ses biens, & qu'elle employe ce motif auprès de Lucie, pour la déterminer à prendre le parti de la retraite.

FRONTIN.

Il y a là tout plein de choses très-aisées à deviner, Monsieur, mais ce que je crains de ne pas comprendre exactement, c'est que m'ayant marqué, il y a quelque temps, un grand desir d'épouser Madame de Folincourt, je ne vous vois pas toute la joye que devroient vous causer des circonstances si favorables, car la retraite de Mademoiselle Lucie loin d'être un obstacle...

L. MARQUIS.

Cesse de m'interrompre, & tu vas sçavoir des choses qui ont échapé à tes observations; apprens donc que la politique seule m'a forcé depuis quelque temps, de feindre pour Madame de Folincourt une passion que j'étois bien éloigné de ressentir. Elle est encore jeune & belle, je l'avoue, mais qu'elle perd, Frontin, auprès de sa charmante niéce! car enfin, il faut te l'avouer, j'aime assez cette Lucie, j'aspire à sa main, & je ne suis pas sans inquiétude sur la conduite de sa tante, lorsqu'elle verra que je l'ai réduite à me servir de prétexte.

FRONTIN.

Ah! Monsieur que m'apprenez-vous! quelle maudite tentation vous prend-il d'être amoureux? Vous que j'ai vû d'un courage magnanime, n'aimer les femmes, qu'autant qu'elles pouvoient vous être utiles; pour Madame de Folincourt, encore passe, elle jouit, dit-on, d'une fortune qui peut attendrir un galant homme, mais pour cette petite orpheline qui n'a que son minois, & dont le Couvent le plus obéré voudra à peine se charger.

LE MARQUIS.

J'admire ta grandeur d'ame & ton désintéressement, mais si je te disois que cette petite orpheline n'est pas si pauvre qu'on le croit, & qu'il entre bien au moins de ma part autant d'arrangement que de passion, dans ce dessein contre lequel tu t'éléves.

FRONTIN.

Malepeste ! ceci change la thése, poursuivez, Monsieur, votre récit devient intéressant, & surtout, pardonnez si j'ai pû un moment méconnoître vos principes.

LE MARQUIS.

J'ai appris depuis peu que son pére n'est point mort, & je sçai de très-bonne part qu'il repasse en Europe, avec des biens immenses, je n'ai pû découvrir s'il est à Paris, mais je me flate que si l'inclination de la jeune Lucie se déclaroit en ma faveur, cela joint au rang que je tiens en France, pourroit le déterminer, & m'aider à braver le courroux de Madame de Folincourt.

FRONTIN.

Ah ! Monsieur, qu'elle est belle cette Mademoiselle Lucie ! & qu'il est louable à un homme de qualité comme vous, de n'avoir que des vûes légitimes, sur une personne aussi accomplie ; voila ce qui s'appelle un cœur... des procédés... une union aussi bien assortie va combler de joye tous vos amis, ... & nos créanciers.

LE MARQUIS.

Trêve de plaisanterie, il est certain que je ne puis faire une meilleure affaire ; mais sa tante n'est pas la seule qui m'inquiéte, & cet Ariste, & son éléve le Comte de Colizan, sont pour moi des objets mille fois plus desagréables ; je crois avoir surpris une certaine intelligence entre le jeune Comte & Lucie, leurs regards se rencontrent, leur âge, leur figure, leur candeur, tout a un raport qui m'effraye, ah ! si je me voyois arracher une si belle proye, par un jeune écolier, ... je serois furieux, désolé ; ce sont de ces avantures qui perdent, qui décréditent un homme comme moi, il faudroit s'enterrer, ne plus se montrer de sa vie, ah ! cela est horrible à se figurer.

FRONTIN.

J'ai meilleure opinion de vous que vous-même, Monsieur, & je suis persuadé que le cœur de Lucie ne tiendra pas contre les tendres faussetés du vôtre ; vous avez une si furieuse supériorité, vous autres jeunes Seigneurs, sur un cœur novice, là bon courage, rassemblez toutes vos forces, repassez la liste de vos ſtratagêmes, rapellez-vous ce temps où j'écrivois cinq ou ſix billets pour vous dans la même matinée, tendreſſe dans l'un, larmes dans l'autre, colére dans celui-ci, excuſes dans celui-là, brouillerie, raccommodement; & où enfin, après avoir paſſé toute la journée à aller voir vous-même l'effet qu'avoit produit ces différentes machines, vous veniez ſouper tous les ſoirs, avec un jeune objet plus traitable, & auprès duquel vraiſemblablement toutes ces cérémonies auroient été ſuperflues.

LE MARQUIS.

Tais-toi, maraut, ſi jamais ſemblable anecdocte ſortoit de ta bouche....

FRONTIN.

Quelque ſot.... je n'ai garde de décrier une conduite dont je tirois auſſi avantage de mon côté: à la faveur de votre ſtyle, Monſieur, j'étois devenu l'idole de quelques Princeſſes d'antichambre, à qui j'envoyois un double de tous les billets que vous me dictiez pour vos maitreſſes de quartier; il eſt vrai que quelquefois, comme je n'y regardois pas de fort près, j'envoyois un billet de remerciment à celle qui venoit de me faire une querelle, un de bouderie à celle avec qui je venois de me raccommoder, mais ces bévûes au lieu de me nuire, me donnoient un vernis de distraction qui suit toujours le bel esprit, & souvent en tient lieu; enfin j'étois l'homme à la mode, & toutes les soubrettes du bon ton...

LE MARQUIS.

Finis tes folies, j'apperçois Madame de Folincourt, cette femme là m'excéde; mais malheureusement, les gens qu'on estime sont presque toujours ceux dont on n'a que faire: va m'attendre.

SCENE VII.

MADAME DE FOLINCOURT, LE MARQUIS.

LE MARQUIS.

BONJOUR, belle Comtesse; toujours plus adorable; toujours des graces nouvelles; toujours mise d'un goût, d'un leste!...

Me DE FOLINCOURT.

En vérité, Marquis, vous me tourneriez la tête, si je n'étois en garde contre des séductions si dangereuses; mais je sçais que je ne les dois qu'à votre galanterie ordinaire pour tout notre sexe, & ... il est peut-être heureux, ... mais très-heureux pour moi d'appercevoir vos soins dans ce sens-là.

LE MARQUIS.

Cela est, sans doute, singuliérement cruel, ce sont de ces événemens imprévûs, atterrans, qui mettent toute la fermeté d'un galant homme en défaut... ce n'est pas que je ne sois édifié de votre résistance, mais c'est qu'enfin on ne se pique point d'héroïsme jusques-là, & dans le fonds je.... je n'en reviens point.

Me DE FOLINCOURT, *minaudant.*

Mais, non, vous êtes fou, car enfin, je fais de vous un cas singulier, très-singulier, qu'est-ce que c'est que cette idée? Apparemment que vous avez de l'humeur; car voila une petite querelle aussi bien conditionnée que celle que vous me faites-là; fiez vous-en aux hommes après cela, pour moi j'en suis si corrigée..... d'ailleurs, Monsieur, c'est qu'on pense à soi, on fait ses petites réflexions ; vous avez eu mille femmes, vous êtes d'une dissipation, d'un général, d'une mode, qui effraye quelqu'un de sensé, & franchement...

LE MARQUIS.

Que diable, mais point du tout, je ne sçais où vous prenez tout cela ; je suis d'un recueillement qui n'a point d'exemple, je mêne la vie d'un réclus, d'un Chymiste, d'un attrabilaire, je ne vais plus,... je ne soupe plus,... je suis au lait, j'ai rompu où vous sçavez, jugez de mon abandon, de ma solitude, enfin jugez... ce sont des faits.

Me DE FOLINCOURT.

Et j'en sçais d'autres qui les détruisent ; je sçais la rupture avec la femme en question, elle ne m'en impose point, car je suis instruite de celle qui la remplace ; je sçais votre liaison avec Dorimène, c'est un beau choix, il est grand, il est magnanime de n'être arrêté ni par la longueur de l'interrégne, ni par le nombre des prédécesseurs. Eh bien! Marquis, vous ne diriez pas une chose, il y a tout plein d'actions comme cela, respectables par elles-mêmes, que le monde a la sottise de ne pas priser ce qu'elles valent.

LE MARQUIS.

Je ſuis pénétré de douleur, furieux, déſolé, de ce que vous me dites là; ſeroit-il poſſible, Comteſſe, qu'il y eſt une hiſtoire ſemblable ſur moi? En vérité il faudra renoncer à tout, s'enterrer, être ignoré, & prier l'univers entier de vouloir bien nous faire la grace de nous oublier,... car enfin, jugez vous-même de l'acharnement d'un public, lorſqu'il a entrepris une fois de trouver une homme digne de ſon attention & de le charger d'avantures;... je vais vous faire un aveu bien ſingulier, vous allez ſentir l'importance du ſacrifice que je vous fais; vous me perdriez ſi cela étoit révélé: en honneur & au pied de la lettre, je ſuis prêt à vendre ma petite maiſon, je vais me réduire, (cela vous paroît impraticable) à aller ſouper tous les ſoirs en bonne & ennuyeuſe compagnie; plus de gens à talens, plus de beaux eſprits,... j'ai vendu les trois quarts de mes chevaux, je paye mes dettes, & puiſqu'il faut tout vous dire, je me ſuis borné, impoſé, réduit à n'aller plus qu'à un ſpectacle par jour.

Me DE FOLINCOURT.

Mais ... il eſt vrai que voila une conduite capable d'impoſer ſilence à la calomnie, cependant prenez garde, il y a comme cela mille projets qu'on n'exécute point dans le monde ; par exemple, moi qui vous parle, je ſuis auſſi beaucoup pour les arrangemens, j'ai des idées de régime, de dégoût du monde, ... Monſieur avez-vous été au nouvel Opéra ?

LE MARQUIS.

Ma foi, je ne vais plus à rien, ... attendez, je crois que ſi, mais j'ai oublié le nom, ... il y a des beautés... des choſes piquantes, ... neuves, ... à propos de cela, & que prétendez-vous faire de cette grande niéce que je vous vois ici ?

Me DE FOLINCOURT.

Je ne ſçais, ... on verra, ... cela eſt ſi jeune... cela n'imagine encore rien ; d'ailleurs avec une fortune délabrée, il me paroit plus décent pour elle de prendre le parti le plus convenable en pareil cas, & la retraite...

LE MARQUIS.

Parbleu, j'ai envie de lui propoſer de

partager la mienne ; elle adouciroit mes idées de mélancolie, car avec la ressemblance des projets que nous formons vous & moi, il seroit dangereux... je dis même sinistre... que nous pensassions à nous être quelque chose de plus l'un à l'autre ; nous ne serions bons qu'à figurer dans un cataphalque.... c'est que je suis d'un noir depuis quelque temps.

Me DE FOLINCOURT.

Mais oui.... cela deviendroit effrayant.... d'ailleurs je ne me porte pas absolument bien,... j'ai été à la campagne.... par exemple, d'où vient est-ce qu'on ne vous y a pas vû ? Voila comme vous êtes, toujours d'un oubli, d'une inattention !

LE MARQUIS.

Mais, non, point du tout, mais c'est qu'on est assiégé, excédé d'importuns, de protégés, de gens comme cela, d'ailleurs je suis à pied, exactement à pied, mes coureurs sont sur les dents ; j'avois donné mes ordres pour un attelage neuf... point du tout, un homme s'en vient me lire une Comédie mortelle, en cinq actes ; heureusement pour lui, car je suis obligé de la refondre, de retoucher à tout, d'y mettre du feu, de l'intérêt, des situations,... car sans les situations, vous sentez bien... que diable, comment voulez-vous qu'on soit régulier avec des événemens comme ceux-là; j'aurois volé pour vous rejoindre; vous me couvrez de honte: je sens mes torts, ils sont poussés à un excès...

Me DE FOLINCOURT.

On s'est assez réjoui; nous avons eû du monde de dehors, du jeu, des tracassaries, un Poëte, du beau temps, de la promenade, des brochures, cela a été fort animé, enfin je suis revenue à Paris, excédée de plaisir; je commençois pourtant à m'ennuyer comme une morte, d'ailleurs j'ai été assez contente.

LE MARQUIS.

Et votre niéce, augmentoit-elle la bonne compagnie, auprès de vous elle ne devoit pas emporter beaucoup d'attention, le parti étoit trop fort contre elle....

Me DE FOLINCOURT.

Mais non,... c'est une erreur, elle a été fort bien... très-bien,... d'ailleurs on eſt indulgent pour la jeuneſſe; elle retourne ces jours-ci à ſon couvent, j'en ſuis furieuſe, je le lui ai conſeillé cependant, car enfin, il faut quelquefois ſe gêner, & cela m'attendrit à un point...

LE MARQUIS.

Mais, au vrai, voila un projet qui n'eſt point digéré avec une certaine prudence,... d'ailleurs c'eſt qu'il n'y a qu'à marier cela avec quelque ami, qui la formera, car je vous le dis, elle eſt au mieux; on peut en tirer parti, & cela prendra infiniment en bien pour vous dans le monde.

Me DE FOLINCOURT.

En vérité vous êtes unique; elle eſt très-bien, je l'avoue, ſa figure eſt noble, & intéreſſante, je lui crois un très-bon caractére, je lui connois des qualités eſtimables, mais on ne conclut point avec cela, elle eſt pauvre à faire frémir,... enfin, Monſieur, cela eſt au point qu'elle ſeroit obligée de ſe marier ſans diamans,.. vous croyez bien que je ne riſquerai pas une indécence de cette nature; je n'irai pas donner à ma niéce un travers ineffaçable dans le monde, il eſt bien plus uni qu'elle prenne le voile,...

LE MARQUIS.

Ah ! quelle horreur ! c'eſt un meurtre que cela ; vous me mettez au pied du mur, je l'épouſerois plutôt, moi qui vous parle ; oui, en honneur je m'y réſoudrois, regardez cela comme fait, comme ſûr, qu'il ne ſoit point fait mention de ſon bien, ce ſont de ces miſéres trop au-deſſous de moi... mais Comteſſe, ce Monſieur votre frére là, eſt-il bien exactement mort ?

Me DE FOLINCOURT.

Ah, très-mort, & en vérité, il a pris le plus honnête,... je ne l'ai jamais connu, mais j'ai des mémoires ſur lui qui ne ſont guéres propres à faire honorer ſes cendres ; c'étoit un bourru, un lâdre, un homme à ſyſtême & à ſentence, toujours raiſonnablement ennuyeux, ou ennuyeuſement raiſonnable, & qui a fini par être pauvre... Vous concevez bien qu'avec des vices de cette nature, on eſt à charge au genre humain, & ... on meurt le plutôt qu'on peut ordinairement.

LE MARQUIS.

Mais non, j'en connois qui vivent,

je dis même très-longtems, jusqu'à lasser la patience des gens, & qui auroient d'aussi bonnes raisons à donner pour mourir.

Me DE FOLINCOURT.

Que faites-vous aujourd'hui ?.. Pour moi, je ne sçais encore, ... je suis d'un abbatement !.. M. de Colizan ne vient point, je l'avois arrhé, cet enfant-là est d'une étourderie..... *Le Comte paroît.*

LE MARQUIS.

Je vous l'annonce & vous laisse avec lui; voyez s'il ne pourroit pas vous aider à mitiger vos idées de retraites : je vais un moment là-dedans, voir la belle Lucie, & tâcher de lui être de la même utilité, ou tout au moins lui faire mes adieux.

Me DE FOLINCOURT.

Ah ! très-volontiers, j'y consens; voyez si cela est possible; mais je compte que tout est arrangé.

LE MARQUIS.

Et..., il m'est arrivé quelquefois de détruire des arrangemens; pardon, je disparois.

SCENE VIII.

ARISTE, LE COMTE DE COLIZAN, MADAME DE FOLINCOURT.

Me DE FOLINCOURT.

BONJOUR, M. le Comte, vous êtes joli; je vous ai cru mort, perdu, ſans reſſource, cela eſt beau à votre âge de ſe faire attendre toute une journée; en vérité c'eſt que je ſuis en colére, outrée contre vous, ou ne ſeroit-ce point à M. Ariſte à qui je devrois me prendre de votre retardement.

ARISTE.

Madame, M. le Comte ſent trop bien, ainſi que moi, tout l'avantage d'une compagnie comme la vôtre, pour ne pas en profiter le plus qu'il peut; mais il eſt dans un âge où on ne doit pas tout donner au plaiſir, & il y a des momens où les choſes utiles, quoique quelquefois peu attrayantes, doivent l'emporter ſur celles qui attacheroient peut-être davantage notre cœur.

Me DE FOLINCOURT.

Ah! j'entens, j'entens, vous en voulez faire un sçavant ; mais prenez-y garde, M. Ariste, c'est une chose bien terrible qu'un Sçavant, c'est le fléau du genre humain, cela est d'un ennui! D'ailleurs je ne vois pas à quoi cela mêne ; surtout quelqu'un qui par sa naissance est très-dispensé d'être sçavant.

LE COMTE.

Je ne crois pas, Madame que ce soit là le dessein de M. Ariste, & je doute que je fusse en état d'y répondre, supposé qu'il l'eût conçu ; mais je lui dois cette justice, que depuis que mon Pere m'a donné plutôt pour ami que pour gouverneur, un homme aussi estimable, j'ai eu sans cesse devant les yeux des exemples que mon plus grand regret est de ne pouvoir encore imiter.

Me DE FOLINCOURT.

Fort bien, fort bien, c'est-à-dire que le Tuteur & le Pupille sont enthousiastes l'un de l'autre ; dans le fond j'en suis singuliérement édifiée, car, entre nous, ce sont des titres pour se détester à la longue, & il eſt très-heureux que cela ait pris une tournure ſi différente : eh bien, mon cher Comte, vous voila donc dans le noviciat de la philoſophie, car à voir M. Ariſte, on devine aiſément l'eſpéce de carriére qu'il ouvre devant vous.

ARISTE.

Ah, Madame, en ce cas, j'oſerois dire que vous ſeriez bien propre à l'empêcher d'arriver au but.

Me DE FOLINCOURT.

Mais, point du tout, voila encore de vos idées à vous autres Sçavans ; vous êtes butés à ne nous croire capables de rien : eh bien, mon cher M. Ariſte, vous êtes dans l'erreur ; il eſt mortifiant pour ma modeſtie d'être obligée de faire mon panégyrique, c'eſt que je ſuis folle de tout ce qui eſt philoſophie ; j'ai péri ſur les Livres, moi qui vous parle ; j'ai beaucoup, prodigieuſement lû ; j'ai la fureur de la littérature juſqu'à un point abſurde à exprimer ; ne voulez-vous pas bien, M. le Comte, que nous en faſſions un cours enſemble ?

LE COMTE.

Je n'ai garde, Madame, de commettre la foiblesse de mes lumiéres à l'étendue des vôtres, je craindrois d'abuser de votre patience, & d'être responsable d'un temps précieux que je déroberois à mille gens infiniment plus capables d'en profiter.

Me DE FOLINCOURT.

Ah! de la modestie, jointe à l'amour des sciences, voici vraiment du fruit nouveau, M. Ariste; mais en vérité, vous allez faire de votre éléve un homme unique, étonnant, du premier rare: oh bien, je veux aussi faire mon profit de tant de bonnes choses; ainsi Comte, préparez-vous à me faire part de toutes les découvertes que vous faites dans la philosophie, je pourrai en échange vous apprendre des choses, qui peut-être dans la suite ne vous paroîtront ni inutiles, ni désagréables à sçavoir.

ARISTE.

Il y en a beaucoup dans le monde qu'on ne sçait toujours que trop tôt; mais on sçait presque toujours trop tard combien peu elles méritoient de nous occuper.

Me DE FOLINCOURT.

Cela voudroit avoir l'air d'une épigramme, M. Ariste; mais dans la bouche d'un Mentor, cela ne doit être pris que comme maxime, qui n'a même pas plus de force que celles qu'on débite à l'Opéra; d'ailleurs vous voudrez bien que je ne consulte que le Comte sur l'utilité qu'il pourra tirer de mes leçons.

LE COMTE.

Je sens comme je le dois, des bontés si peu méritées, & je suis très-éloigné d'y donner des interprétations qui puissent me dispenser d'une partie de la reconnoissance; je cautionnerois M. Ariste pour de pareils sentimens, & je fais gloire de former mon cœur sur le sien.

SCENE IX.

LES PRÉCÉDENS, ARLEQUIN.

ARLEQUIN.

MADAME la Présidente vient de passer à votre porte, Madame; elle est furieuse, outrée, désespérée;

elle n'a pas fermé l'œil de la nuit; elle est d'une inquiétude mortelle.

Me DE FOLINCOURT.

Et quelle raison t'a-t-elle donné de tout cela?

ARLEQUIN.

Mais, elle m'a dit qu'elle vous a attendu hier jusqu'à neuf heures du soir: elle prétend que cela ne se fait point; qu'on ne se manque point aussi essentiellement.

Me DE FOLINCOURT.

Ah! ah! à propos, mais je l'ai oubliée, c'est que j'en suis consternée...

ARLEQUIN.

Elle vous prie de vous rendre chez elle dans l'instant, pour une affaire de conséquence qui ne souffre point de délai.

ARISTE, *à part.*

Apparemment pour aller au Palais, ou acheter quelques étoffes.

Me DE FOLINCOURT.

Elle ne s'est donc point expliquée?

ARLEQUIN.

Non, elle a dit ſimplement qu'elle avoit des nouvelles très-récentes, & très-extraordinaires à vous donner, de quelqu'un qui doit vous être bien cher; conſultez-vous, là, eſt-ce que votre cœur ne vous éclaircit point?

Me DE FOLINCOURT.

à part. Non, mais un trouble inconnu s'en empare, je ſuis cruellement agitée, ſans en bien démêler la cauſe, *haut:* Vous voudrez bien me permettre de vous quitter, Meſſieurs? . . Vous M. Ariſte, ſi vous voulez paſſer dans une heure, j'ai une affaire de conſéquence à vous communiquer; & vous, Comte, je ſerai bien-aiſe de vous voir à mon retour; j'ai mille choſes intéreſſantes à vous dire.

LE COMTE.

J'obéïrai toujours à vos ordres, Madame, avec le plus vif empreſſement, *à part.* Ah! Lucie, quel intérêt puis-je avoir dans le monde qui ne regarde votre bonheur & notre amour?

Fin du premier Acte.

ACTE II.

SCENE PREMIERE.

LE MARQUIS, FRONTIN.

LE MARQUIS.

EH bien, mes ſoupçons n'étoient que trop juſtes à tous égards ; le hazard m'a fait rencontrer un de mes amis, qui a fait quelque ſéjour aux Indes ; il a connu particuliérement le frére de la Comteſſe ; il m'a aſſuré l'avoir rencontré à Paris depuis peu ; mais le myſtére avec lequel cet homme a évité ſes regards, lui a fait ſoupçonner quelques deſſeins ſecrets ; d'ailleurs ce qu'il m'en a dit s'accorde parfaitement avec ce que j'en avois appris ; il eſt plus riche que jamais, Frontin, & je t'avoue que je ne puis rien comprendre à cette affectation de ſe cacher.

FRONTIN.

Mais, oui Monſieur, cela eſt aſſez embarraſſant, cependant au fond je ne vois pas en quoi cela peut déranger vos projets ; car ne m'avez-vous pas dit que vous étiez résolu de demander cette Mademoiselle Lucie à sa tante ? Qui peut donc vous arrêter ?

LE MARQUIS.

Mille choses plus désagréables les unes que les autres ; car premiérement je ne sçais si Madame de Folincourt ne soupçonne point le retour & la nouvelle splendeur de son frére ; mais je lui vois une opiniatreté à faire prendre à Lucie le parti du Couvent, qui me fait naître bien des idées.

FRONTIN.

Cela peut être ; mais enfin, Monsieur, lorsqu'un homme de qualité comme vous, lui demandera sa niéce, sans témoigner aucune prétention à ses biens, croyez-vous qu'elle ose vous refuser ? Une conduite semblable la décéleroit trop, & je ne puis me figurer....

LE MARQUIS.

En admettant tout ce que tu dis-là, l'obstacle le plus à craindre subsiste toujours ; car, pour ne te rien cacher,

je

cher, je viens d'avoir des certitudes de ce que je soupçonnois seulement, Lucie & le jeune Comte s'aiment, je viens de les surprendre ensemble, quelques larmes sembloient couler de leurs yeux, une émotion violente, un air interdit, tout les a trahis, & je ne puis plus douter.......

FRONTIN.

Allons, il n'y a pas à balancer, Monsieur, il faut que vous épousiez Mademoiselle Lucie, dès ce soir.

LE MARQUIS.

Qu'est-ce à dire, M. le maraut, je crois que vous voudriez me conseiller de risquer encore de pareilles surprises après mon mariage.

FRONTIN.

Eh, non, Monsieur, ce n'est pas là absolument ce que je veux dire, il y a des choses dans le monde sur le sens desquelles un homme usagé ne doit jamais appuyer que légérement; d'ailleurs vous avez des motifs de consolation, beaucoup de gens de votre rang sont d'une intrépidité là-dessus, qui ne laisse pas que d'être une autorité respectable pour vous, & en pareil cas, il eſt toujours ſatisfaiſant de copier d'après de grands modéles.

LE MARQUIS.

Eh, va, va, mon enfant, auſſi n'eſt-ce pas là ce qui m'inquiéte, depuis que je ſuis dans le monde j'ai appris aux dépens de preſque tous ceux avec qui j'ai vécu, que l'amour conjugal, la vertu & la probité ſont trois choſes qui perdent irrémiſſiblement le ſot qui les pratique à la lettre; un honnête homme ſe compromet par-là, ſans reſſource, & ſe donne un travers dont il ne peut plus ſe relever.

FRONTIN.

Oui, & ſurtout la probité y éprouve une cruelle perſécution, il n'y a qu'à jetter les yeux ſur ma profonde indigence, mais on verra la vertu triompher quelque jour....

LE MARQUIS.

Il eſt vrai que tu es un exemple effrayant des injuſtices du ſiécle, mais revenons à mes affaires, je crois avoir reconnu dans Lucie, un caractére porté à la vertu, & capable de ſe décider ſeulement pour quelqu'un à qui elle ſuppoſeroit les mêmes principes ; dans quelques converſations que j'ai eu avec elle, j'ai eu ſoin de me parer de l'extérieur le plus propre à la ſéduire, je ne ſçai ſi j'ai fait cet effet ?

FRONTIN.

Oh, Monſieur, j'en ſuis ſûr, vous êtes un Prothée, dès qu'il eſt queſtion de paroître autres que nous ne ſommes, c'eſt où nous brillons, nous avons tourné en notre vie, plus de vingt cervelles par ce manége-là.

LE MARQUIS.

Ce n'eſt pas tout, j'ai conçu qu'en ſuppoſant que le Comte ait fait impreſſion ſur ſon jeune cœur, ce n'a pu être que par la connoiſſance d'un caractére à peu près ſemblable, je me ſuis mis dans la tête de le gâter abſolument... j'en veux faire le petit Maître le plus ſot & le plus complet...

FRONTIN.

Eh, avez-vous reconnu du canevas en lui ? Y a-t'il aſſez d'étoffe pour en faire un fat ?... car il en faut, il n'eſt queſtion que de l'employer de travers ;

en un mot, ressemble-t'il à beaucoup de nos jeunes gens, qui se croyent admirables parce qu'ils ont une envie démesurée de l'être.

LE MARQUIS.

Fort peu de tout cela, & c'est ce qui m'embarrasse le plus, c'est une espéce lourde, ordinaire, un homme vertueux par paresse, par ignorance, parce qu'il ne faut ni finesse, ni airs, ni usages pour marcher dans un sentier aussi commun, de ces gens qui n'auront jamais un nom dans un certain monde, dont les idées, la sphére, les entours sont d'une bassesse à désespérer, & tu conçois bien que ce n'est pas une petite affaire que de relever quelqu'un d'anéanti jusques à ce point là.

FRONTIN.

C'est ce qui me paroît, Monsieur, cette éducation-là seroit tardive, & je ne sçai même si elle vous feroit jamais un certain honneur dans le monde; ma foi, je suis d'avis plutôt que vous disiez les grands mots à la Tante.

LE MARQUIS.

C'est aussi à quoi je vais me résoudre, si je vois que l'autre expédient tire en longueur, mais voici le jeune Comte fort à propos,... au Diable soit le Mentor qui l'accompagne sans cesse, cet homme là semble être suscité pour faire avorter tous mes desseins, j'aurai une peine à écarter l'un pour pervertir l'autre,.... va, où je t'avois ordonné, & tu reviendras là-dedans me rendre réponse.

SCENE II.

LE MARQUIS, LE JEUNE COMTE, ARISTE.

LE MARQUIS.

BONJOUR, Messieurs, Eh bien! quoi, toujours l'air nébuleux, rêveur, absorbé; est-ce que nous n'égayerons pas un peu cette jeunesse, l'air composé sied si mal avec cet âge aimable.

ARISTE.

M. le Marquis a toujours sa provision de joie, tout le monde n'a peut-être pas tant de sujets d'être content de ſoi, & des autres, que lui, & l'extérieur eſt ordinairement le tableau des idées qui nous maitriſent.

LE MARQUIS.

Oh, pour vous M. Ariſte, vous faites votre charge, un gouverneur agréable feroit ſans doute d'un comique difficile à ſoutenir, & je vous crois grave par état, encore plus que par vocation, mais pour M. le Comte, il n'y auroit pas grand mal, quand il feroit un peu faux bond à vos principes, vos maximes reſſemblent aux complimens dont on aſſaſſine les jolies femmes, & les grands Seigneurs, bien ſot qui les prend au pied de la lettre.

LE COMTE.

Quand on connoit l'eſprit & le ſentiment qui les dicte, on eſt bien éloigné d'y attacher un ſens ſi frivole, & M. Ariſte eſt très à l'abri de tous ſoupçons & de toute comparaiſon déſavantageuſe.

ARISTE.

Oh, ſon jugement ne m'offenſe point, je n'ai jamais imaginé que nous fuſſions faits absolument pour nous ressembler, & je ne vois pas....

LE MARQUIS.

Ah! parbleu, vous prenez la chose au tragique, brisons là-dessus plutôt, & parlons simplement de plaisirs; allons, plus de personnalités, voilà qui est fait, je ne veux point passer pour caustique; à propos Comte, eh bien, que faites-vous de cette vieille Duchesse qui a couru votre éducation depuis si long-temps?

LE COMTE.

J'ignore exactement ce que vous voulez me dire, & je vous jure que la personne dont vous me parlez, m'est aussi étrangére que le ridicule que vous prétendez peut-être attacher à notre liaison.

ARISTE.

Oh, point du tout, M. le Marquis déteste les calomnies & les personnalités, & vous pouvez être sûr que ce n'est que l'intérêt qu'il prend à ce qui vous regarde qui l'engage à sonder votre amour propre, & voir si vous serez homme à avouer une avanture aussi flateuse.

LE MARQUIS.

Ah, M. Ariste, quartier, vous tirez sur moi à boulets rouges, comment diable, il est dangereux, à ce que je vois, de vous avoir dans le parti contraire, cependant vous n'ignorez pas que j'accuse juste; une beauté surannée est à sa derniére affaire; un jeune homme timide a envie d'entamer sa premiére; ils se rencontrent & se prennent tous deux par découragement, par paresse de chercher, mais on s'éxécute, on se quitte après la premiére illusion, & les choses rentrent dans l'ordre ordinaire.

ARISTE.

Voilà, sans doute, qui est fort utile à sçavoir, gardez-vous bien M. le Comte de ne pas faire votre profit de quelque chose d'aussi essentiel.

LE COMTE.

Oh, je sçais le cas qu'on doit faire des instructions de Monsieur, & si je me vois un jour à même d'en faire usage, ce sera avec une ardeur....

LE MARQUIS.

à part. Voilà un petit bon-homme auſſi coriace, *haut.* Mais oui, je vous le conſeille en ami, mes avis ſont pour vous indiſpenſables à ſuivre, ſans eux vos graces, votre figure, votre jeuneſſe tout eſt perdu pour vous, je vous en avertis, avec eux vous deviendrez homme à la mode, deſiré, couru, ſouhaité par tout; eh, ma foi, voilà ce qui met le prix aux talens & aux richeſſes: voilà, en un mot, le ſceau des agrémens de la vie.

ARISTE.

En quoi faites-vous donc conſiſter ces conſeils ſi utiles, je ſuis aſſez attaché à M. le Comte & à ſon pere pour faire céder les miens, ſi les vôtres me paroiſſent devoir mériter la préférence.

LE COMTE.

Oh, c'eſt ce que Monſieur n'exigera pas tout-à-fait, pourvu que nous lui trouvions de l'eſprit & de l'éloquence, il nous diſpenſera d'une ſervitude abſolue.

ARISTE.

Mais enfin, M. le Marquis, expliquez-vous, car nous devons toujours avoir de l'obligation à ceux qui concourent à nous former, M. le Comte est trop bien né pour être ingrat, encore, que souhaiteriez-vous qu'il fit ?

LE MARQUIS *à part.*

Ma foi, je le crois invulnérable, n'importe, *haut.* ce que je souhaiterois qu'il fit, mais parbleu qu'il fasse comme moi, qu'il se moule sur moi, qu'il me prenne pour son modéle & je vous le garantis dans peu l'idole de toutes les jolies femmes de France; beaucoup se montrer, beaucoup courir, aller dans toutes les maisons de l'univers, être amoureux de toutes les femmes qu'on trouve sous ses pas, jouer le coup de foudre, l'homme interdit, subjugé, être jaloux à propos de rien, quereller, se plaindre, crier à la vexation, déchirer l'une pour faire rire l'autre, en tromper le plus qu'on peut, cinq ou six à la fois si cela est possible, & les tromper bien, là, quelles n'ayent pas le petit mot à dire, avoir des procédés.... Mais, mais que diable, il n'y a rien de si aisé que tout cela.

ARISTE.

Quand cela seroit aussi aisé que vous le prétendez, passez-moi le mot, je trouve que rien n'est plus méprisable; d'ailleurs, tout homme qui fait son étude journaliére de tromper, doit s'attendre à donner tôt ou tard dans les piéges qu'il tend aux autres.

LE COMTE.

Vous sentez bien que M. le Marquis n'est pas sans réponse à votre objection.

LE MARQUIS.

Elle est toute simple, vous êtes dans l'erreur tous deux, rien de plus aisé à éviter que ce que vous croyez être tant à craindre; premiérement, c'est qu'il n'y a qu'à gagner tout le monde de vitesse, on apperçoit du réfroidissement, il faut rompre tout de suite, avec éclat, car rien ne détruit comme les querelles sourdes... une bonne scene, morbleu, cela fixe l'attention d'un Public, les trois quarts des gens qui vous blâment enragent de n'être pas à votre place, ajoutez que cela vous donne un certain relief auprès des femmes. . . . Combien en ai-je vu, moi qui vous parle, qui après quelques semaines d'une liaison intime à impatienter, me faisoient fermer leur porte pour me donner le vernis d'un Amant rebuté, lorsque je n'étois précisément que las & rassasié d'elles & de leurs bontés, & qu'elles ne l'avoient emporté sur moi que de vingt-quatre heures.

ARISTE *à part.*

Quel excès d'impertinence & de fatuité !

LE COMTE.

Mais cependant, il me semble qu'une pareille conduite de leur part ne pouvoit que vous nuire, & je ne vois pas comment vous pouviez persuader aux gens que des femmes qui vous traitoient si mal eussent pu avoir certaines liaisons. . . . . .

LE MARQUIS.

Oh ! fiez-vous à elles du soin d'accréditer tout ce qu'on débite de pire sur leur compte, d'ailleurs elles ne pouvoient rester deux jours oisives ; elles prenoient vîte quelqu'un, faisoient un choix pitoyable que j'avois ſoin de rendre public, & qui aſſuroit ma vengeance; & le lendemain je me liois en attendant mieux avec une de ces femmes dont l'unique emploi eſt d'aider à dépiquer les amans qui boudent, qui quittent, ou qui ſont quittés, & ces femmes là ne laiſſent pas que d'avoir un état dans Paris.

ARISTE.

Voila donc les maximes que vous voudriez faire adopter à M. le Comte, & que vous croyez indiſpenſables pour ſa réuſſite dans le monde.

LE MARQUIS.

Oui ſans doute, auxquelles il faut en ajouter une de la derniére importance pour lui, c'eſt d'éviter longtemps le mariage, qui n'eſt bon qu'à rendre un homme obſcur, ordinaire, qu'à lui ôter tout eſpoir d'être nommé dans aucune avanture brillante, enfin le regarder comme l'écueil de nos beaux jours, comme le tombeau, l'Oraiſon funébre, les derniéres volontés d'un homme aimable, après quoi c'eſt fait de lui, il doit diſparoître pour toujours.

LE COMTE.

Voilà un parti que vous soutiendrez, M. le Marquis, jusqu'à ce que votre propre position vous fasse embrasser le contraire.

ARISTE.

Et moi, j'ose le fronder dès à présent; je soutiens qu'une carriére aussi orageuse que celle dont vous nous tracez l'esquisse, indépendamment de ce qu'elle attaque la droiture & la pureté des mœurs, prive le cœur de toute espéce de satisfaction, & qu'une union contractée avec un objet aimable & vertueux, peut seule tirer un jeune homme d'un pas aussi glissant, & il est aisé de prouver...

Arlequin paroit.

LE MARQUIS *baaillant.*

Oui, & encore plus aisé de m'endormir, ah mon cher Arlequin, que je t'ai d'obligation, sans toi j'étois perdu, j'allois tomber dans un sommeil éternel, qu'as-tu donc de nouveau à nous annoncer?

ARLEQUIN.

Ma maitresse, qui vient de rentrer,

envoye sçavoir si vous êtes ici, elle vous prie Messieurs d'aller joindre la compagnie dans l'appartement, vous, M. Ariste, ayez la bonté de l'attendre, elle a à vous parler en particulier.

LE MARQUIS.

A ce que je vois, M. Ariste, vous êtes le fortuné mortel.... allons, Seigneur introducteur, faites votre charge & conduisez Monsieur par l'escalier dérobé.

ARLEQUIN.

J'accepte volontiers l'épithéte, dans ce siécle-ci elle est toujours le présage d'une grande destinée.

LE MARQUIS.

Nous, Comte, ne troublons point ce délicieux tête à tête, & allons là dedans voir si nous ne trouverons pas à continuer ou même à faire usage de nos leçons.

ARISTE *seul*.

Ah! le dangereux fat! qu'un pareil homme est à craindre pour une jeunesse trop foible & trop ingénue, que je suis desespéré d'être obligé d'abandonner le Comte en de pareils mains; mais voici Madame de Folincourt, que peut-elle avoir à me dire, il me passe mille choses dans la tête que je n'ose approfondir.

SCENE III.

MADAME DE FOLINCOURT, ARISTE.

Me DE FOLINCOURT.

MILLE pardons, mon cher M. Ariste, des affaires de la derniére conséquence m'ont empêché de vous rejoindre plutôt, j'en étois furieuse, car je brûle de m'entretenir avec vous.

ARISTE.

Madame, me voila rendu à vos ordres, & prêt à vous écouter.

Me DE FOLINCOURT.

En vérité M. Ariste, on ne peut vous donner assez de louanges, & le choix que le pere du Comte a fait de vous pour diriger les premiéres années de son fils à son entrée dans le monde, prouve un discernement dont vos soins & les belles qualités que vous cultivez avec tant de succès seront une bien digne récompense.

ARISTE.

Votre prévention est sans doute trop flateuse pour moi Madame, & l'heureux naturel de ce jeune homme est la véritable source de tout ce que vous remarquez d'avantageux en lui, la part que j'y ai est si légére !

Me DE FOLINCOURT.

Je n'attendois pas moins de cette simplicité & de cette modestie qui brille dans vos moindres actions, & je vous assure que je fais un cas de vous !

ARISTE.

Madame, je ne sçais par où j'ai pu mériter. . . .

Me DE FOLINCOURT.

Oh trève de complimens, & de propos superficiels, entre nous, j'ai envie de mériter votre estime, votre confiance, je sens tout ce que vous valez, & je suis portée pour vous à des sentimens que très-peu de gens ont réussi à m'inspirer, je vais même vous donner une preuve de tout cela singuliére, périlleuse, unique, & qui vous prouvera aisément que je n'exagére point dans tout ce que je vous ai assuré que je pensois de vous.

ARISTE.

Madame, quoique ces sentimens soient trop flateurs pour être adoptés légérement, j'aime mieux vous en croire sur votre parole que de souffrir que vous m'en donniez des preuves qui pouroient vous couter jusques à un certain point.

Me DE FOLINCOURT.

Vous ne m'entendez pas M. Ariste, ou peut être, feignez-vous de ne me pas entendre, mais enfin puisqu'il faut vous parler à cœur ouvert, j'ai besoin de vous dans l'affaire la plus importante de ma vie.

ARISTE.

Serois-je assez heureux, Madame, pour pouvoir vous rendre quelque service.

Me DE FOLINCOURT.

Oui, & même un service au-dessus de toute ma reconnoissance, mais avant toutes choses, satisfaites de grace ma curiosité : n'en a-t-on point trop dit lorſque l'on m'a aſſuré que le Duc pere de votre Eléve, s'en rapporte entiérement à vous pour l'établiſſement de ſon fils, & qu'il approuve le choix que vous ferez quel qu'il ſoit, d'une perſonne pour être unie à lui & partager les honneurs qui lui ſont deſtinés un jour ?

ARISTE.

Il eſt vrai que Monſieur le Duc veut bien ſe repoſer ſur mes foibles lumiéres, mais loin d'abuſer d'une ſi grande confiance...

Me DE FOLINCOURT.

Et eſt-il auſſi vrai que ſon pere a l'eſpoir de lui tranſmettre ſa dignité en faveur de ſon établiſſement ? Enfin, Monſieur, en deux mots ſa future peut-elle eſpérer d'avoir le tabouret ?

ARISTE.

M. le Duc eſt aſſez conſidéré à la Cour pour pouvoir ſe flater de tout, & je cautionnerois volontiers que cet article doit être regardé comme ſûr, ... *à part.* Qu'eſt-ce que tout ceci ?

Me DE FOLINCOURT.

Cela eſt ſuffiſant, plus que ſuffiſant ;

mon cher M. Ariſte, ce n'eſt pas qu'au fond on faſſe attention à toutes ces miſéres-là...., mais c'eſt qu'il eſt toujours bon de ſçavoir..., apprenez donc à l'heure qu'il eſt mon ſecret, & répondez comme je l'eſpére à l'idée que je me ſuis faite de vous.

ARISTE.

Madame, je vous le répete encore, je n'exige point.....

Me DE FOLINCOURT.

Eh non, rien n'eſt plus ſimple, plus uni, vous allez en convenir vous-même, j'aime votre Eléve, voilà tout le myſtére, & je regarderai comme un ſervice ſignalé, ſi par votre moyen, je puis réuſſir à unir mon ſort au ſien..., vous paroiſſez ſurpris, qu'y a-t-il donc de ſi merveilleux dans tout cela, s'il vous plaît.

ARISTE.

Rien du tout.... Madame,... oh rien.... mais c'eſt que... le Comte eſt ſi jeune......

Me DE FOLINCOURT.

Ah, ah, vraymeut, je n'aurois pas prévenu l'objection, & je ne me ſerois pas figurée afficher la décrépitude....

ARISTE.

Ah! Madame, pouvez-vous penser.....

Me DE FOLINCOURT.

A merveille, M. Ariste, je pense à merveille que ce n'est qu'une défaite, il est cependant bon, & même indispensable de vous édifier sur tout le reste; vous n'ignorez pas sans doute ma naissance & la noblesse de ma Maison, vous sçavez que je suis veuve d'un homme de qualité, & par conséquent faite pour aspirer à tout, mais ce que vous ignorez peut-être & ce qu'il est bon que vous sçachiez, c'est que j'ai des biens immenses, dont la mort de mon premier époux me laisse entiérement la disposition, & que je doute très-fort que vous trouviez mieux en aucun genre pour votre cher Eléve.

ARISTE.

Madame, pardonnez.... ce n'est pas que je doute d'un mot..... ni qu'il me convienne d'entrer dans des éclaircissemens.... mais il me sembloit avoir ouï dire qu'une partie de vos biens conſiſtoit dans des ſommes que vous avoit fait paſſer un frere que vous aviez aux Indes, que la fortune de ce frere avoit été entiérement renverſée par des malheurs imprévûs, d'autres aſſurent qu'il n'eſt point mort, & qu'il eſt prêt à reparoître dans ce pays-ci, qu'il a même ſauvé des débris conſidérables de ſon ancienne ſplendeur : enfin... je vous demande pardon, Madame, de ma hardieſſe, mais j'ai entendu blâmer univerſellement la précipitation avec laquelle Mademoiſelle Lucie ſe voit obligée à prendre le voile, on l'attribue à vos conſeils, cela fait un effet... oſerai-je le dire, très-fâcheux pour vous dans le monde, Madame.

Me DE FOLINCOURT.

En vérité cela eſt divin, ce Public eſt quelque choſe de délicieux, vous verrez que je ſerai comptable de toutes les fantaiſies d'un enfant..... pour celui-là il eſt d'une folie... d'ailleurs, Monſieur, rien de plus abſurde que tous ces bruits, c'eſt la rage de Paris que les avantures, il y auroit du romaneſque dans ce retour prétendu de mon frere, cela ſuffit, cela ſe loge dans toutes les têtes, l'hiſtoire s'acrédite, on ſe monte là-dessus... à propos comment ne dit-on pas déja qu'il est arrivé, cela feroit un coup de théâtre..... ah, ah, ah, il ne manque plus que cela.

ARISTE.

Madame, Madame, à ne vous rien céler, il y a des gens qui le prétendent, & même qu'il s'apprête à vous faire rendre un compte exact des biens & de l'éducation de la fille qu'il vous a confiée.

Me DE FOLINCOURT.

Allez, allez, cela, est aussi trop extravagant; & je ne comprens pas comment un homme aussi éclairé que vous peut adopter des contes semblables.

ARISTE.

Je ne dis pas que j'y ajoûte foi, mais c'est un avis que je vous donne, Madame, pour n'avoir rien à me reprocher, vous êtes au reste la maitresse d'en faire l'usage qu'il vous plaira.

Me DE FOLINCOURT.

Le parti est tout simple à prendre, c'est de mépriser les bruits populaires, & de ne pas s'en occuper un instant: au reste que cela ne nuise point à nos projets, au contraire pressons-en l'exécution, pour couper court à tous les bavardages, ma niéce part aujourd'hui pour le Couvent, allez de ce pas faire une politesse à M. le Duc, sur mes vûes pour son fils, & s'il ne les desapprouve pas, comme je l'espére, nous ne pourrons jamais terminer assez promptement à mon gré.

ARISTE.

Je vais lui en faire part au moment même, & prévenir mon Eléve, soyez certaine que s'il ne tient qu'à moi...., la journée ne se passera pas que vous ne voyez de grands changemens.

Me DE FOLINCOURT.

Pardon, M. Ariste, je vous laisse, j'ai du monde là-dedans, il faut que je paroisse absolument, dans une heure je sçaurai vous rejoindre, & nous prendrons nos mesures en conséquence, des nouvelles que vous m'apporterez.

Elle sort.

SCENE

SCENE IV.

ARISTE *seul.*

ET tu en apprendras bientôt de désespérantes pour toi, perfide que tu es! tu cours toi-même au-devant du piége qui t'est tendu, & tu recevras dans l'instant le salaire de tes ridicules & de ton mauvais naturel, ô mœurs, ô principes deshonorans pour l'humanité, avidité insatiable d'honneurs & de richesses, quelles idées ne faites-vous pas naître! quels projets ne suggérez-vous pas! dans un siécle méprisable où la considération est toujours le prix du fracas, & non d'une vertueuse simplicité: ô Lucie! Lucie! en quelles odieuses mains a été remise votre foible jeunesse! Aurez-vous résisté à une contagion aussi dangereuse? votre heureux naturel aura-t-il échapé à des écueils si funestes à la vertu? Dieux! si ces pervers vous avoient égarée, quels remords affreux & peut-être inutiles! Quel reméde à porter à une faute si essentielle? mais juste ciel, c'est elle qui vient à moi; ah! je ne puis me lasser d'admirer cette figure charmante, la candeur brille dans son maintien & dans ses regards, ô vertu as-tu pu garder un si précieux dépôt! as-tu pu écarter tous les vices qui ont cherché à s'en rendre les maîtres!... elle paroit enfoncée dans une réverie tendre, une mélancolie douce semble l'occuper toute entiére; ô! amour seroit-ce ici encore un de tes coups.

SCENE V.

LUCIE, ARISTE.

LUCIE.

VOus demandiez peut-être ma tante, Monsieur, & je vais l'avertir si vous voulez.

ARISTE.

Non, restez de grace, belle Lucie; je suis charmé que cette occasion me procure le plaisir de vous entretenir, je la cherche depuis long-temps, j'ai quelques questions que je vous prirai de me permettre de vous faire & en revanche pourrai-je peut-être vous dire des choses que je me flate qui ne vous déplairont point.

LUCIE *tendrement.*

Eh, Monsieur, que peut avoir de commun une jeune personne comme moi, qui n'a jamais vû le monde, & qui est prête à y renoncer pour toujours, avec un homme répandu & expérimenté comme vous ? Que pourriez-vous trouver de digne de vous dans ma conversation ? & quelle espéce d'intérêt pouvez-vous prendre à quelqu'un que vous ne connoissez point, & que vous ne reverrez peut-être jamais ; non, il vaut mieux que je me retire & que je dérobe à tout le monde ce qui ne peut & ne doit intéresser personne.

ARISTE.

Non, demeurez un moment, belle Lucie, confiez-moi votre situation & vos peines, croyez qu'on ne peut y être plus sensible, que sçavez-vous, peut-être puis-je vous être de quelques secours, vous avez des chagrins, je le vois, vous dérobez à peine vos pleurs, ah ! Lucie, si vous sçaviez combien ils m'attendrissent, parlez avec confiance à un homme, qui vous estime, vous aime, & qui du premier coup d'œil s'eſt ſenti naturellement porté à vous ſervir.

LUCIE.

Je n'attendois pas moins, Monſieur, de ce mérite & de ces rares qualités auxquelles tout le monde rend unanimement juſtice; vos bontés me pénétrent de reconnoiſſance & de tendreſſe, mais hélas, que feriez-vous de la confidence d'une infortunée dont les maux ſont abſolument ſans remède.

ARISTE.

N'importe, parlez Mademoiſelle; je vous en conjure, je vous le demande, oſerai-je dire plus, je l'exige, ne vous offenſez pas de ce mot, il vous paroît peut-être trop abſolu, ah! ſi vous ſçaviez combien les loix que j'aurois à vous preſcrire ſeroient tendres!... dans quel cœur elles prendroient leur ſource! De quels liens!... je m'égare Mademoiſelle, il faut abſolument me parler à cœur ouvert, eſt-ce de votre propre mouvement que vous vous conſacrez à la retraite?... parlez, ne me déguiſez rien; il y va de votre intérêt peut-être plus que vous ne le penſez.

LUCIE.

Ah! Monſieur, qu'exigez-vous de moi? Pourrai-je vous ſatisfaire.... dois-je même l'imaginer, mais quel ſentiment inconnu me dérobe à mes réflexions?... Monſieur, il m'eſt affreux de vous refuſer.... Juſte ciel!... qui êtes-vous donc pour avoir acquis en ſi peu de temps un ſi grand empire ſur moi.... vous pleurez... & vos pleurs me déchirent.

ARISTE *avec effort.*

Calmez-vous belle Lucie! je ſuis... je ne ſuis qu'un ami, ſans doute..... & rien de plus, mais un ami tendre.... ſincére... qui lit dans votre cœur... qui voit une partie de vos peines.... qui cherche à les connoître toutes, qui pourra peut-être y remédier, qui mourra de douleur ſi vous avez quelque réſerve pour lui.

LUCIE.

Ah! Monſieur, je ne puis plus réſiſter à mes mouvemens, quelque choſe de ſupérieur, d'indéfiniſſable m'entraine, parlez, me voila prête à tout ce que vous desirez, ordonnez, je sens une satisfaction inconnue à vous obéïr.

ARISTE.

Ma chére Lucie, (permettez ce nom de tendresse à mon amitié.) Je vous le répete encore, ne me déguisez rien, seroit-il bien possible que dans un âge si tendre vous pussiez envisager la retraite sans frémir, que vous eussiez le monde assez en horreur.....

LUCIE.

Eh, Monsieur, quel parti peut prendre une infortunée comme moi, privée de parents & de secours, sans biens, obligée de vivre des bienfaits d'une tante, qui à chaque moment me fait sentir le poids humiliant, l'idée flétrissante d'être redevable de tout..... d'ailleurs une perte encore plus cruelle... des sentimens plus contraires à mon repos....tout me prescrit indispensablement une loi, dont mes peines me dérobent la sévérité.

ARISTE.

Vous regrêtez, à ce que j'ai entendu dire..... un pere.... qui peut-être loin de vous....

LUCIE.

Ah! Monsieur, quel mot venez-vous de prononcer! De quel trait frappez-vous mon cœur! Hélas! ce cher auteur de mes jours..... jamais je n'ai eu la consolation de le voir..... dès ma plus tendre enfance il a eu le courage de m'arracher de ses bras.... que sçai-je les événemens qui depuis ce temps ont agité sa malheureuse vie.... une misére affreuse a, dit-on, succédé à la fortune que ses travaux lui avoient légitiment acquise.... peut-être hélas! a-t-il succombé à ses maux, ou s'il vit encore caché dans quelque endroit écarté du monde, le poids de son infortune l'accable..... peut-être même lui ôte tout sentiment, tout ressouvenir de sa malheureuse fille.... & l'empêche d'essuyer les larmes ameres que sa perte me cause.

ARISTE.

Ah! Mademoiselle,.... cela ne se peut.... il doit vous ressembler... votre cœur doit être l'image du sien.... je me le représente, s'il voit le jour comme je vous exhorte à l'espérer, combien il doit partager vos peines.....

ah! il pense sans doute continuellement à vous, il vous porte toujours dans son cœur...... il dévore ses larmes.... peut-être aurez-vous bientôt la consolation de les mêler aux vôtres.

LUCIE.

Vous pleurez, Monsieur, que dois-je augurer de vos larmes, d'où vient que je trouve moi-même tant de douceur à en répandre, parlez, juste ciel!... auriez-vous connu ce pere si chéri... le cruel! s'il vit encore, pourquoi se dérobe-t-il à ma tendresse, ah! tout conspire à déchirer ce cœur infortuné.

ARISTE *avec effort.*

Remettez-vous, Mademoiselle,.... attendez tout du temps & d'une vertu que le ciel est intéressé à récompenser, mais de grace que je ne lise pas à demi dans ce cœur adorable, parlez, les regrêts dûs à un tendre pere, sont-ils les seuls tourmens qui le déchirent? Quelque sentiment particulier pour un objet estimable, n'auroit-il point part à ses mouvemens, il peut les partager sans honte, de même que vous ne devez point rougir de me l'avouer.

LUCIE.

Pourquoi faut-il qu'une obéissance qui me paroitroit un joug tyrannique auprès d'un autre, me paroisse délicieuse auprès de vous... Ariste.... éprouvez jusqu'au bout votre pouvoir sur mon ame.... j'aime.... & j'ose vous l'avouer.

ARISTE.

Et quelle a pu être l'occasion d'une inclination si prompte ?.. vous me surprenez à un point !...

LUCIE.

Une des personnes qui viennent chez ma tante, m'a rendu des soins qui m'ont touchée...

ARISTE.

Juste Ciel ! seroit-ce le Marquis de Brillanville ! ô Lucie, Lucie ! quel choix ! vous me plongez le poignard dans le sein, je meurs de douleur si j'ai deviné juste.

LUCIE.

Rendez-moi plus de justice, Monsieur, apprenez que le Marquis n'eut jamais pu me rendre ſenſible : un extérieur plus noble quoique moins faſtueux, un cœur tendre & bienfaiſant, l'ame d'un honnête homme, jointe à une naiſſance diſtinguée, voila l'objet & l'excuſe de ma foibleſſe.

ARISTE *à part.*

Mes idées ſeroient-elles juſtes, *haut.* Je vois ſi peu de gens à qui un pareil portrait puiſſe convenir, que cela ne m'éclaircit point; & j'aime mieux croire que vous peignez d'après votre amour.

LUCIE *baiſſant les yeux.*

Effectivement il eſt peu de gens à qui cela reſſemble, & .... votre éléve .... ſeul....

ARISTE.

Achevez.... Seroit-il poſſible.... Quoi, le Comte de Colizan & vous Lucie.... unis tous les deux par des chaînes ſecrettes! .. Ah! c'eſt lui.... votre ſilence me l'annonce.

LUCIE.

Oui c'eſt lui, c'eſt lui que j'adore, hélas! & que je perds pour toujours;

plaignez-nous, Monsieur, & n'ayez pas la cruauté de nous accabler; nous nous aimons trop pour que notre sort ne soit pas infiniment déplorable, nous n'ignorons point l'effrayante disproportion qui nous sépare; moi orpheline, pauvre, sans secours, lui, fils unique d'un des premiers du Royaume, destiné au rang & à la fortune la plus brillante, unis par la passion la plus vive, éloignés l'un de l'autre par mille préjugés cruels, aurez-vous la barbarie d'achever par vos reproches, un supplice que tant de circonstances concourent à augmenter.

ARISTE *à part.*

Elle me fend le cœur... je ne puis retenir mes larmes, ... *haut:* calmez-vous, Mademoiselle, & qui vous a dit que je vous desaprouve.... Je vous plains tous deux, ... mais je vous connois trop bien pour être surpris de ce que vous m'apprenez.... *à part.* Juste ciel!.. nature!.. Amour! de combien de façons m'éprouvez-vous aujourd'hui! j'entends du bruit... Dieux!... c'est le Comte.

SCENE VI.

ARISTE, LUCIE, LE COMTE DE COLIZAN.

LE COMTE.

JUSTE Ciel! que vois-je! Lucie avec M. Ariste, quel trouble me saisit: ah! sans doute il sçait notre secret!...

LUCIE.

Quoi, c'est vous M. le Comte? je ne m'attendois pas....

LE COMTE.

Ah! Mademoiselle,... quoi toute troublée... vous pleurez tous deux.... Ah! M. Ariste! ah mon Pere... mon cher Ariste... vous sçavez tout, je le vois.... je connois son ingénuité.... parlez.... mais je vous avertis... si je vous suis cher, M. Ariste... je vous le jure... je meurs si vous nous êtes contraire...

ARISTE.

M. le Comte, je croyois avoir mérité

plus de part dans votre confiance, & j'ai lieu de me plaindre....

LE COMTE.

Ah, pardon, mon cher Ariste, il est vrai... je ne devois point me défier de votre amitié, mais vous connoissez trop bien le cœur humain, pour être étonné d'une réserve qui est excusable dans ce seul cas.

ARISTE.

Mais enfin, quel fruit espérez-vous tirer d'une passion que M. le Duc sera sans doute fort éloigné d'approuver, car vous connoissez trop ses sentimens..

LE COMTE.

Eh, voila ce qui me désespére, & ce qui m'arrachera la vie; ah! Mademoiselle, par pitié pour tous deux, joignez-vous à moi, implorons le secours de M, Ariste, vous ne le connoissez pas encore à fond, vous ne pouvez sçavoir tout ce qu'il vaut... c'est un cœur... un assemblage de vertus.... Ah! combien de fois j'ai beni le Ciel d'avoir inspiré à M. le Duc de me donner un homme aussi respectable.... Lucie si vous m'aimez.... ma chére Lucie....

voilà un second pere pour nous... voilà un homme auquel vous devez l'attachement le plus tendre.

LUCIE.

Ah, que me recommandez-vous, cher Comte!... de l'aimer.... de le respecter: ah! dès que je l'ai vu, j'ai senti mon ame & mon cœur voler au-devant de lui.... Il a commandé, & j'ai obéi avec une satisfaction!... il m'a demandé un compte exact de mes plus secrettes pensées, avec quel plaisir je lui dévoilois tous mes mouvemens! il me sembloit que je répondois à un homme qui avoit des droits sur moi.... mais des droits d'une tendresse... Enfin Comte... je croyois... que dis-je... je crois encore parler à un pere... Ah, cher Ariste, si le Ciel m'en a privée, s'il n'a pas voulu que j'eusse la satisfaction de jouir d'une vûe si chére, au moins vous ne pouvez refuser de m'en servir.... Vous le serez... vos larmes m'en assurent.

LE COMTE.

Ariste, mon cher Ariste, je vous connois trop bien pour craindre que vous ne résistiez à tant d'amour & de vertu, vous pouvez tout, je le ſçai, & vous ne ferez point le malheur de deux perſonnes qui vous ſont ſi tendrement attachés; Ariſte, vous la voyez.... vous connoiſſez ce cœur adorable.... oſerez-vous me blâmer, nous embraſſons tous deux vos genoux, uniſſez-nous, où nous expirons à vos pieds.

ARISTE.

Ah! je ne puis réſiſter aux mouvemens qui m'agitent.... Ciel!.. *à part.* donne-moi la force de cacher.... *haut:* mes enfans.... oui je vous regarde tous deux comme tels... Eſſuyez vos larmes.. Comte... & vous Lucie... vous ſerez unis... il ſeroit trop affreux de ſéparer un couple ſi parfait...., quel reproche pour des péres....

LUCIE.

Que dites-vous, & pourquoi rappeller ſans ceſſe le ſouvenir du tendre pere que j'ai perdu, ne vous ai-je pas aſſuré que vous m'en tiendriez lieu, mais que dis-je moi-même, ne ſuis-je pas ſous la domination d'une parente inhumaine, & n'eſt-ce pas aujourd'hui le dernier jour où je puis accorder quelqu'empire aux plus tendres mouvemens.... flateuſe illuſion... que vous avez été de peu de durée....

ARISTE.

Attendez tout du Ciel, ma chere Lucie, & eſpérez mieux d'une providence toujours juſte, peut-être le moment approche où les vertus vont triompher par l'abaiſſement & la punition des vices & des ridicules.

LE COMTE.

Lucie.... eſpérons tout du reſpectable Ariſte, un homme ſi vertueux ne peut ſe tromper, ſes preſſentimens doivent être des decrets infaillibles: oui, cher Ariſte.... ſi vous m'approuvez, le Ciel ne peut m'être contraire: que mon pere ſçache dans l'inſtant & mon amour, & mon choix, vous l'euſſiez ſans doute fait vous-même, pourra-t-il le déſaprouver un inſtant.

ARISTE.

Rentrez, mes enfans, & moi je vais dans le moment même apprendre à M. le Duc vos ſentimens, & combien vous êtes dignes l'un de l'autre, ſi le mérite, les vertus & quelques circonſtances dont vous ſerez bientôt inſtruits ſuffiſent pour le déterminer, je ne reviendrai qu'avec les aſſurances certaines de votre bonheur.

Fin du ſecond Acte.

ACTE III.

SCENE PREMIERE.

LE MARQUIS DE BRILLANVILLE, LE COMTE DE COLIZAN, FRONTIN.

LE MARQUIS.

OUI, mon cher Comte, je ne ſçaurois aſſez vous le répéter, la ſageſſe eſt ſans doute quelque choſe de fort reſpectable, j'ai, moi qui vous parle, une vénération ſinguliére pour tout ce qui eſt candeur & ſimplicité de mœurs, je croirai même à la probité, pour peu que cela vous arrange, mais une profeſſion exacte de ces ſortes de choſes ne laiſſe pas que d'être périlleuſe, & je ne me crois point diſpenſé de vos donner mes petits avis à cet égard, car je fais un cas de vous! Demandez à Frontin, ce garçon a toute ma confiance.

FRONTIN.

Oh, Monſieur, il eſt vrai que M. le Marquis me parle ſans ceſſe de vous, & ſi vous ſçaviez de quels termes, en vérité il a toutes les envies du monde de vous voir devenir célébre, en un mot ce qu'on appelle ſe tourner au grand.

LE COMTE.

Je te crois volontiers mon enfant, & je rends à M. le Marquis toutes les graces que mérite une faveur ſi rare & dont je m'avoue très-indigne.

LE MARQUIS.

Mais non, par exemple, voilà de ces modeſties outrées, révoltantes, vous êtes très-digne, très-fait pour tout, & je vous vois d'ici, quand vous voudrez, un des plus jolis hommes de France.

FRONTIN.

Sans doute, après mon Maître, vous pourrez écraſer tous les agréables de ce pays-ci.

LE COMTE.

Ah, M. le Marquis, épargnez-moi, je vous en conjure, je ne viſe point à tous ces titres, & je crois qu'une conduite ſenſée ſans être remarquable, des procéd s tels que les inſpirent la politeſſe, la bonne éducation, & plus que tout cela, un cœur bienfait, ſuffiſent pour attirer une conſidération capable de ſatisfaire tout galant homme qui n'a point la fureur de primer à quelque prix que ce ſoit.

LE MARQUIS.

à part. Il m'impatiente, *haut:* Eh bien, Monſieur, une fois pour toutes, vous êtes à cent lieues du vrai, eſt-ce que je n'ai pas eu, tel que vous me voyez, auſſi la fureur en entrant dans le monde, d'être bien allongé; bien droit, & bien révérentieux, d'avoir l'air Caton & réfléchi, à quoi cela m'a-t-il mené, les femmes me regardoient avec des yeux diſtraits & inappliqués, comme un diamant qu'on n'achette point, parce qu'il eſt mal monté; enfin, je perdois mon temps & ma jeuneſſe, dans un diſcrédit, une obſcurité déſeſpérante, pas une femme qui m'écoutât; pas même une médiſance dont je pus eſpérer d'être l'objet,.., j'étois obéré avant d'avoir vécu.

FRONTIN.

Oh, ce que dit M. le Marquis est exactement vrai, nous n'aurions pas trouvé sur tout notre crédit une bonne fortune de cinquante ans sur le pavé de Paris.

LE COMTE.

Et vous prîtes une route opposée, on en juge aisément par le terme où vous êtes, & je conçois que par un excès de prudence, vous cessâtes absolument d'en avoir.

LE MARQUIS.

Laissons-là l'épigramme, je vous parle en ami, en homme qui veut vous former, vous mener à grands pas, dans la carriére de ce qu'on appelle la bonne compagnie, & pour vous prouver clairement la droiture de mes intentions, en deux mots, je vais vous initier dans les mistéres... vous découvrir tout le fin du métier.

FRONTIN.

Sans doute, nous vous dirons des choses que nous apprenons à très-peu de gens, & après cela je veux vous donner un laquais de ma main, un homme unique, abſolument néceſſaire pour vous, aimant le vin, le jeu & les femmes, ayant toutes les paſſions des grands hommes, dont il faudra vous paſſer quelquefois des ſemaines entiéres, à cauſe des expéditions où votre ſervice pourra l'engager; mais qui d'ailleurs ſera exact, qui portera vos habits, votre linge, ſe ſervira de votre caroſſe, & même de votre nom, & qui à table derrière votre chaiſe aura grand ſoin de rire, quand vous direz quelque choſe qui en ſoi ne ſera point du tout plaiſant;..... en un mot... un bijou,.. un tréſor...

LE COMTE.

Je ſens tout le prix d'une ſemblable découverte, & je te remercie de ton préſent, je ne mérite pas encore d'être ſervi par un ſi grand homme, mais ſi cela arrive je ne manquerai pas de te conſulter.

LE MARQUIS.

Oh, je vous donne Frontin pour un garçon très-eſſentiel; mais pour en revenir à notre objet, apprenez Comte, par mon exemple, combien il eſt dangereux de paroître ce que le ſiécle ne permet pas qu'on ſoit : j'avois commencé, comme je viens de vous le dire, par être un garçon fort ſage & fort poſé, je ne viſois qu'à l'eſtime & à la conſidération, en un mot, à tout cet échaufaudage de grands mots dont les trois quarts de ces pédans de gouverneurs chargent la tête de leurs Eléves; enfin, Monſieur, j'étois un homme perdu, avec de la naiſſance, de grands biens, de l'eſprit & de la figure, comme vous en pouvez juger, je m'enfonçois dans une carriére obſcure, & j'aurois fini indubitablement comme ces gens dont on ignoreroit juſques à l'exiſtance, ſi on ne voyoit la date de leur mort, leur blazon & leur généalogie dans le Mercure.

FRONTIN.

Cela eſt effrayant quand on y penſe, ſur tout pour moi, à qui on auroit peut-être eu l'injuſtice d'y refuſer une place.

LE COMTE.

J'imagine que vous mites bon ordre à cette inattention du public, & la célébrité où vous êtes parvenu depuis, eſt une bonne preuve de l'efficacité du reméde.

LE MARQUIS.

Oh, je vous en réponds, eh bien mon cher, quand vous voudrez je vous associe à mon triomphe & à ma gloire; mais écoutez jusqu'au bout, je sentis qu'il falloit commencer par mettre les femmes de mon parti, je compris que les soupirs élancés, les yeux larmoyans, les phrases interrompues, les mines tristes & consternées ne prenoient plus, que tout cela n'excitoit aujourd'hui que des ricaneries ou de la commisération; que tout ce qui est femme, que nous appellons du grand air, veut être étourdie & non persuadée, qu'il faut assiéger les cervelles & non point les cœurs, qu'un homme à passion tendre est un homme insoutenable par lui-même, & qui devient bientôt la chouette de toute une société, & qu'enfin, dans le monde, on est très-dispensé d'avoir du respect & de l'estime pour qui que ce soit, pourvu qu'on persuade aux autres qu'on est soi-même très-fait pour en inspirer beaucoup.

FRONTIN.

Et nous n'avons, je crois, pas tort, le cas qu'on fait de nous dans le monde en en eſt, je penſe, une aſſez bonne preuve; quelque choſe peut-elle y paſſer pour bonne juſques à un certain point, ſans avoir notre approbation.

LE COMTE.

C'eſt-à-dire que vous êtes, à proprement parler, l'Oracle du bon ton, & des maniéres à la mode; mais ſi votre tribunal eſt reſpecté dans ce point, n'en eſt-il point d'autre où on s'y dérobe, & n'y a-t'il pas dans le monde quantité de choſes que vous conviendrez de bonne foi n'être pas de votre reſſort.

LE MARQUIS.

Non, Monſieur, non vous dis-je; apprenez qu'un homme comme moi ſçait tout, ou eſt ſenſé tout ſçavoir; d'ailleurs, à qui faut-il en impoſer aujourd'hui? hélas! les pauvres gens, les trois quarts d'entr'eux ne méritent ſeulement pas l'analyſe; & puis dequoi eſt composé ce que l'on appelle grand monde, d'Officiers proneurs éternels de leurs exploits Militaires & Galants, & que les femmes n'écoutent guéres pour peu qu'ils en ſoient réduits à ne pouvoir plus faire autre choſe que les raconter; de petits Magiſtrats muſqués dont tout le mérite conſiſte à cacher ſous un air grave & empesé une stupidité profonde dont tant de malheureux sont tous les jours les victimes ; de Financiers qui ne parlent que d'acquisitions de terres ou de bonne chére, commodités dont nous faisons usage, en méprisant profondément la source dont elles partent ; ou enfin de sçavans & de beaux esprits dont le joug véritablement seroit un peu plus difficile à secouer, si je n'avois trouvé un moyen unique & infaillible pour m'y soustraire.

LE COMTE.

J'avoue que c'étoit-là où je vous attendois, & que je vous regarderai comme un grand Maître, si votre recette est aussi sûre que vous m'en paroissez persuadé, car je me souviens vous avoir oui dire qu'ayant négligé vos études, vous n'aviez pu depuis ce temps vous assujettir à vous instruire de rien, & je ne vois pas comment avec tant de désavantage .... vous pouviez lutter...

FRONTIN.

Qu'appellez-vous lutter, terrasser même ; moi qui vous parle, je ne suis pas un Sçavant, je fais les plus jolis vers du monde.... j'ai même commencé un poéme épique en soixante & douze chants.

LE MARQUIS.

Frontin a raiſon, & je ne doute pas que ce garçon-là ne ſoit quelque jour d'une Académie de Province; mais pour répondre à votre objection ſur l'eſprit, je n'ai jamais rien approuvé de ma vie; j'entre dans une maiſon, je trouve un livre, nouveau pour moi, je le juge déteſtable ſans ſçavoir le titre, je vais à la Comédie, il y a du neuf, j'entens cela dans les foyers, parce que l'Auteur me l'a lue, & que je ne lui avois pas conſeillé de la donner, à la fin je la trouve mauvaiſe à certains égards, j'écoute cependant ſans faire ſemblant de rien, ce qu'en diſent les gens de goût, je vais rendre cela dans un ſouper comme de moi; j'établis des théſes, des propoſitions, je n'approfondis rien; ſi malheureuſement je trouve en tête un homme redoutable & lettré, je ricanne, je papillonne devant la cheminée, je lâche une plaiſanterie détournée; s'il réſiſte, je mets en avant une caléche & des chevaux ſuperbes, ces gens de mérite-là ſont ordinairement peu commodes, cet homme n'a rien à répondre à mes chevaux, les rieurs ſont pour moi, il eſt écraſé ſans miſéricorde.

LE COMTE.

Je conçois qu'en voila assez pour séduire ce qu'on appelle la grosse troupe, mais les gens sensés, comment vous tirez-vous d'affaire avec eux? pas si bien je crois, & lorsque quelqu'un d'entr'eux vous serre un peu la mesure, j'imagine qu'en dépit de cette hardiesse supérieure que vous vantez si fort, vous êtes furieusement empêtré; c'est alors que le bon sens si méprisable triomphe à son tour, que vos habits, vos bijoux, vos chevaux, en un mot, toute votre écorce est bien petite devant lui, & que tout ce qu'il y a d'hommes estimables vous réduisent bientôt à votre juste valeur.

LE MARQUIS.

Oh, j'ai un bouclier impénétrable pour ceux-là; je fais depuis long-temps une Comédie, une tragédie, & un Roman allégorique, & il faut que ces Messieurs trouvent bon de m'accorder d'avance la considération que cela mérite.

LE COMTE.

Et vous vous presserez de la justifier.

fans doute que nous verrons bientôt ces productions ?

FRONTIN.

Mais, oui, nous comptons donner cela avec mon poéme épique.

LE MARQUIS.

Je vous jure que je desirerois fort, mais je n'ai pas un moment à moi, d'ailleurs il faut bien faire sa cour, ... je suis surchargé de devoirs ; quant à vous, voila ce que j'avois à vous dire, en ami, pour votre réussite dans le monde, il ne me reste plus qu'à vous mettre entre les mains d'une femme qui est divine pour ces sortes de choses, c'est la Comtesse de Folincourt ; je vous la donne pour incomparable, il faut que vous l'ayez quelque temps.

LE COMTE.

Vous en disposez bien souverainement, cela suppose des droits ?...

LE MARQUIS.

Moi, non.... je n'en ai aucun... au vrai, cela est exact... mais la voilà fort à propos, croyez-moi, c'est une femme qui pense, qui a de l'ordre, cela peut être arrangé dès ce ſoir ; *à la Comteſſe.* Vous le voyez, mes attentions ſe multiplient, *à Frontin :* & toi ſuis moi.

SCENE II.

MADAME DE FOLINCOURT, LE COMTE DE COLIZAN.

Me DE FOLINCOURT.

JE ſuis charmée de vous retrouver M. le Comte, j'ai demandé avec empreſſement à mon retour, ſi vous êtiez ici, ſi vous ſçaviez combien ces petites attentions de votre part me paroiſſent charmantes, combien je vous en ſçais bon gré, en vérité on ne peut aſſez les payer.

LE COMTE.

Il n'y a point de mérite à moi à m'acquitter de choſes toutes ſimples, je crois que perſonne n'ignore ce qui eſt dû à une femme de votre rang, Madame, & c'eſt par un excès de bonté que vous voulez bien remarquer....

Me DE FOLINCOURT.

Oh, je vous prie, n'ayez point avec moi l'air complimenteur & respectueux, que la confiance y succède & s'établisse entre nous pour toujours, elle est indispensable pour l'espèce de liaison que je veux former avec vous.

LE COMTE.

Je suis trop heureux, Madame, que vos bontés s'accordent avec mes vœux les plus chers.

Me DE FOLINCOURT.

Est-il bien vrai, le pauvre enfant.... c'est qu'il a des yeux, d'une beauté.... d'une tendresse.... Ah ça, Comte, sçavez-vous bien que je vous défens absolument de faire parler ces yeux-là à d'autres qu'à moi, entendez-vous, je suis votre souveraine une fois, je veux qu'on m'obéisse, allez ne craignez rien, je ne rendrai point vos chaînes pesantes, je n'ai point de loix bien sévéres à vous imposer.

LE COMTE.

Ah, Madame, il en est de charmantes que vous pourriez me prescrire, &

où mon cœur a déja devancé vos ordres.

Me DE FOLINCOURT.

Qu'il est aimable! il dit les choses avec une candeur, une ingénuité, si touchante! oh il sera adoré de toutes les femmes, il n'aura que l'embarras du choix.

LE COMTE.

Je ne porte pas si loin mes prétentions, Madame, un cœur seul feroit l'objet de tous mes desirs.

Me DE FOLINCOURT.

Un cœur seul! ... oh, vous l'aurez, il est à vous, je vous en assure... *à part.* La joye me transporte, il m'aime, ah! j'ai une peine infinie à me modérer, *haut*: Vous en sçaurez davantage avant qu'il soit peu, mais pour le présent je peux vous assurer que je suis infiniment flatée de la préférence que vous donnez à ma maison sur toutes celles dont votre mérite pourroit vous faciliter l'accès, d'autant mieux que j'ai dessein de vous y attacher encore davantage, & qu'il est très-agréable pour moi que votre penchant s'accorde avec mes vûes.

LE COMTE.

Quoi, Madame, je ſerois aſſez heureux.... expliquez-vous, de grace.... Seroit-il poſſible que votre choix pût regarder quelqu'un d'auſſi jeune.... & d'auſſi peu digne....

Me DE FOLINCOURT.

Oui, Comte, puiſqu'il faut vous le dire, j'ai formé un deſſein ſur vous, dont votre grande jeuneſſe n'a pu me détourner; j'ai démêlé votre caractére, je crois ne m'être pas trompée ſur vos bonnes qualités, enfin je vous crois très-fait pour qu'on penſe à vous dans le cas d'un établiſſement ſolide, me ſuis-je abuſée? Non, je ne pouvois l'être en jugeant bien de vous.

LE COMTE.

Quoi que je ſente bien que je ſuis très-éloigné de mériter un ſi grand éloge, j'ai au moins en partage un cœur ſincére, tendre & reconnoiſſant, & je vous jure, Madame, que je crois tous ſes ſentimens encore trop foibles pour payer le bonheur que vous ſemblez me laiſſer entrevoir.

Me DE FOLINCOURT.

Vous commencez donc à lire dans mon cœur, ah ! Comte, ne m'épargnerez-vous pas la confusion de vous avouer le reste ?

LE COMTE.

Mais, Madame, je ne vois pas ce qu'il y a d'embarrassant pour vous à avouer dans cette occasion-ci, apparemment que j'avois adopté trop légérement certaines idées ; enfin, que vous dirai-je ! . . . je ne sçais . . . mais si je me suis trompé, . . . je ne vous devîne, ni ne vous entens.

Me DE FOLINCOURT.

En vérité, vous m'impatientez, il est bien permis d'être jeune & timide, mais aussi cela est poussé trop loin, & dégénére en ridicule.

LE COMTE.

Mais, Madame, je vous demande pardon, . . . je ne suis point fait à comprendre de certaines choses, . . . je ne me suis point encore trouvé dans des positions qui m'y ayent accoutumé, & je vous avoue de bonne foi que le rôle d'avantageux m'a toujours paru bon à faire le plus tard qu'on peut.

Me DE FOLINCOURT.

Oh, assurément, si vous ne changez beaucoup, c'est un défaut qu'on ne vous reprochera pas de si-tôt ; mais enfin, il y a des choses que tout galant homme doit comprendre, & épargner par-là à une femme de certains aveux....

LE COMTE.

Des aveux, Madame, . . ah ! c'étoit à moi à vous en faire, peut-être me serois-je épargné votre courroux & vos reproches.

Me DE FOLINCOURT.

Il est adorable jusques dans ses petits emportemens ; ah ça, venez ici, car vous faites l'enfant à un point qui n'est pas supportable ; répondez-moi, ne vous ai-je pas dit que j'avois fait un choix qui vous regardoit, que je voulois vous attacher à moi par des nœuds plus chers que ceux de l'amitié ordinaire ? . . . eh bien, Comte, vous ne m'entendez pas ? ! . .

LE COMTE.

Mais, Madame... ce bonheur me semble si fort au-dessus de mes espérances que je n'ose me flater ... ah ! si j'osois écouter mon cœur....

Me DE FOLINCOURT.

Ecoutez-le, cher Comte, écoutez-le, il ne vous dira rien dont le mien ne vous soit garand.

LE COMTE.

Ah, Madame, vous m'élevez à une félicité digne d'envie, de grace ne différez pas davantage, & permettez que dès aujourd'hui des nœuds éternels...

Me DE FOLINCOURT.

Vos desirs s'accordent avec les miens, mon aimable Comte, & j'ai déja prévenu le cher Ariste, qui est allé faire les démarches nécessaires auprès de M. le Duc votre pere, & j'espére que cette journée comblera vos vœux & les miens.

LE COMTE.

Ah ! Madame, que ne vous dois-je point ! les termes me manquent pour vous exprimer ma reconnoissance, adorable Comtesse ! la plus grande marque que je puisse vous donner de la joie inespérée qu'un si grand bonheur me cause, c'est la promptitude avec laquelle je vais annoncer à Mademoiselle Lucie....

Me DE FOLINCOURT.

Ah, non par exemple,.... cela seroit aussi trop cruel,... elle part pour son Couvent ce soir, il est inutile de l'informer de tout cela, au contraire même il est de la bonté de notre cœur de lui laisser tout ignorer.

LE COMTE.

Que dites-vous, Madame, quelle erreur... mais réfléchissez donc, elle part pour son Couvent, dites-vous ? en vérité, voilà une contradiction tout-à-fait incompréhensible ; mais, je la vois paroître, permettez que je l'instruise de notre bonheur & de vos bontés.

Me DE FOLINCOURT.

Arrêtez, Comte... nous ne nous entendons pas encore assez, & peut-être ne sommes-nous pas encore si prêts à nous entendre.

LUCIE *survenant.*

M. le Marquis de Brillanville est dans votre cabinet, ma tante, il vous prie de vous y rendre pour quelque chose qu'il a à vous communiquer, qui ne souffre point de délai, il vouloit que j'y fusse présente, mais dans le fond j'ai compris que ce n'étoit qu'une politesse, & que c'étoit vous seule qu'il desiroit d'entretenir.

Me DE FOLINCOURT.

J'y vais au moment même, vous, ma niéce, songez aux préparatifs de votre départ, & vous, Comte, il me paroît essentiel qu'à mon retour je vous entretienne encore quelques momens.

SCENE III.

LUCIE, LE COMTE DE COLIZAN, FINETTE *survient.*

LUCIE.

QUE signifient ces regards inquiets & interdits, que vous me jettez, ah! Comte, vous ne m'aimez plus, ou vous vous plaisez à m'allarmer.

LE COMTE.

Pouvez-vous me faire une injuſtice ſi cruelle ! pouvez-vous ſoupçonner la paſſion la plus tendre, & la plus ſincére qui fut jamais, ah ! Lucie, ſi je vous aime !....

LUCIE.

Mais enfin, ſi vous m'aimez, comme j'aime à me le perſuader, quelle peut être la cauſe du trouble où je vous vois ? d'où naiſſent vos allarmes, ah ! parlez, ne me cachez rien....

LE COMTE.

S'il faut vous le dire, c'eſt que je viens d'avoir avec votre tante la converſation la plus ſinguliére, la plus louche, la plus difficile à démêler ! en vérité, ſi vous étiez à ma place votre perpléxité égaleroit la mienne.

LUCIE.

Mais encore, que peut-elle vous avoir dit de ſi ſingulier, vous êtes-vous ouvert à elle ſur notre amour & nos projets ? Vous auriez dû attendre le retour de M. Ariſte, & puiſqu'il s'étoit chargé de tout, à quoi bon riſquer...

LE COMTE.

Non, ma chére Lucie, je n'ai rien risqué, mais si je ne rejettois de certaines idées, en vérité je croirois qu'on a risqué beaucoup davantage vis-à-vis de moi; mais après tout, cela seroit extravagant, & il ne conviendroit point à un homme raisonnable d'adopter légérement des choses semblables, d'ailleurs votre tante me paroît trop sensée....

LUCIE.

Je ne comprens point du tout ce que vous avez pû entrevoir, mais j'espére tout de M. Ariste, & je ne sçais pourquoi la vûe seule de cet honnête homme me paroît un gage, un présage assuré de notre bonheur.

LE COMTE.

Je me livre avec ardeur à des espérances si flateuses, elles banissent de mon esprit tout ce qui pouvoit s'y offrir de fâcheux; eh bien ma chére Lucie, n'avois-je pas raison de vous dire que M. Ariste étoit le plus digne homme que la nature eût jamais formé, ne sentez-vous pas tout ce que nous lui devons, combien nous lui devrons peut-être davantage dans peu, & jusqu'à quel point vos défiances étoient mal fondées; car enfin, si nous allons être heureux, ma chére Lucie, comme un pressentiment inconnu vous en assûre, ce sera par cet homme que vous croyez avoir tant à redouter.

LUCIE.

Ne me faites point de reproches, mon cher Comte, ce qui vient de se passer entre nous, & cet homme estimable est au-dessus de tout ce que vous pouviez me dire, mais cela ne suffit pas, pour calmer absolument mes allarmes, & Madame de Folincourt me paroit encore si redoutable...

LE COMTE.

Calmez vos inquiétudes, chere Lucie, je serai à vous, je vous le jure, l'univers entier ne pourroit m'en empêcher.

Il lui baise la main, & Finette paroit au fond.

FINETTE.

Peste! voila de petits adieux bien tendres, Mademoiselle; en ferez-vous de semblables à tout le monde aujourd'hui? ce que c'est que de partir pour le Couvent, cela donne des distractions......

LE COMTE.

Mademoiselle Finette est railleuse, mais je la prie instamment de chercher ailleurs matiére à ses plaisanteries.

FINETTE.

Effectivement, ne vous voila-t-il pas bien à plaindre, tous deux, vous êtes aimés, recherchés, courus par les deux modéles de ce qu'il y a de plus brillant dans l'un & l'autre sexe, Madame de Folincourt qui aime M. le Comte à la fureur....

LE COMTE.

Que dis-tu, Finette, en vérité tu es d'une folie...

FINETTE.

Doucement, là, que votre bonheur ne vous cause pas de si grands transports, vous êtes, ainsi que le tabouret, l'objet des désirs de ma chére maitresse, & il n'est pas décent que vous ignoriez que pour se rendre plus digne de vous, on veut se défaire & envoyer au Couvent une grande niéce qui s'avise d'être belle, & d'avoir quelques biens à nous répéter, & dont le pere seroit peut-être un jour assez impudent pour n'être pas mort, & reparoître au moment qu'on y penseroit le moins.

LUCIE.

Comment, Finette, je pourrois me flater du bonheur de le voir, . . . ah! Comte, s'il étoit vrai, peut-être qu'il n'auroit pas la cruauté de s'opposer, . . .

FINETTE.

Pour une personne qui n'a d'autre crainte que celle qu'on n'empoisonne l'innocence de ses actions, il me semble que voila une petite interruption bien passionnée.

LE COMTE.

De grace, Finette, cesse je te prie de nous désespérer.

FINETTE.

Mais encore est-il absolument nécessaire que vous sçachiez que ma tendre maitresse qui veut serrer avec vous de chastes nœuds, destinoit Mademoiselle à en former d'autres plus à craindre pour quelqu'un qui auroit le cœur moins indifférent que le sien, lorsque M. le Marquis de Brillanville, par une chûte à laquelle j'aurois défié tous ses contemporains de s'attendre, s'est avisé tout à l'heure de vous demander très-sérieusement à votre tante Mademoiselle, comment! vous n'êtes pas enchantée, comblée, pénétrée de la joye la plus vive?

LUCIE.

Ah! Finette, que m'apprenez-vous! Juste ciel! le Marquis, ...ah! M. Ariste que deviendrons-nous, si vous ne nous secourez!

LE COMTE.

Il ne faloit plus que ce dernier trait pour m'accabler... le Marquis!...ah! Lucie quelle destinée seroit la vôtre!...

FINETTE.

Oh, oh! ceci passe la raillerie, & de peur d'être obligée d'expliquer mal des choses toutes simples, je me retire & vais annoncer aux intéressés qu'on est un peu surpris de la promptitude des établissemens en question, mais qu'au fond... je ne vois pas qu'il y ait d'obstacles, & qu'on peut conclure dès ce soir.....

LE COMTE *vivement.*

Attens, tu peux leur dire encore des choses plus sûres, avertis le Marquis que tant que je verrai le jour, il ne se flate pas.... pour ta maitresse, c'est en vain qu'elle prétendroit..... le sort le plus affreux me paroitroit préférable à lui donner la main....

LUCIE.

Finette, je vous prie de dire à ma tante que je suis prête à partir dans l'instant pour mon Couvent.

FINETTE.

Ma foi chargez quelqu'un de toutes ces commissions, mes enfans, & laissez-moi respirer à mon tour, car depuis le temps que je suis ici à vous examiner, vous me causez tous deux un serrement de cœur..... allez, allez, Finette n'est pas si méchante, elle ne se pique point du tout de copier le caractére ni les idées de sa maitresse, & si ses petits services peuvent vous être utiles, elle vous les offre avec la plus grande sincérité.

LUCIE.

Ah ! ma chére Finette, je ne pouvois me résoudre à te soupçonner de mauvais naturel.

LE COMTE.

Ton bon cœur nous rend la vie, & nous console en quelque façon, mais aussi compte sur ma reconnoissance.

FINETTE.

J'apperçois le Marquis & son digne confident, rentrez tous deux, je vais sçavoir leurs projets, pour voir ensuite comment nous pourrons les détruire.

SCENE IV.

LE MARQUIS DE BRILLANVILLE, FRONTIN, FINETTE.

FRONTIN.

EH bien, ma charmante, quand concluons-nous ? N'est-ce pas dès ce soir que tu couronneras les feux du plus tendre, du plus passionné..

mais que diable, réponds donc aussi, tu es d'une stérilité,... comment tu n'as pas seulement un hélas! un ciel!... pas même une petite rougeur de commande à ton service?

FINETTE.

Attendons après notre mariage, & pour lors je t'assure que je te donnerai de cette marchandise-là plus que tu n'en voudras.

FRONTIN.

Alte-là, s'il vous plaît, ma Déesse, ce soir, Madame Frontin, demain plus de familiarité, très-peu d'union & sur tout point de commerce, car cela est d'un bourgeois insoutenable.

FINETTE.

C'est-à-dire, que nous jouerons les gens de qualité en attendant que nous le devenions.

LE MARQUIS.

Mais dans le fond, Frontin a raison, & après tout, il faut se respecter, as-tu été dans tous les endroits où je t'ai dit, as-tu exécuté mes ordres?

FRONTIN.

Oui Monsieur, *bas à son maître*, votre mariage vient fort à propos, ces gens-là commençoient à s'impatienter, *haut*. On fera ce que vous desirez.

LE MARQUIS.

As-tu été chez cet homme qui me persécute depuis si long-temps pour me lire ce Roman qu'il veut me dédier ?

FRONTIN.

Oui Monsieur, il vous prie de vous ressouvenir que c'est une traduction étrangére qu'il craint qu'on n'ouvre les yeux sur un goût si baroque, & que cela ne tombe avant que d'être imprimé.

FINETTE.

Je ne sçais si cette crainte opére beaucoup dans ce siécle-ci, mais au moins, nous fait-on la grace de ne pas nous laisser le temps de nous en appercevoir.

LE MARQUIS.

Cela me paroît pourtant assez prudent : es-tu monté enfin chez ce Poëte qui

qui me fait mes bouquets, & mes Epigrames, ce maraut-là, est d'une longueur....

FRONTIN.

Oui, Monsieur, & en vérité, j'ai cru que je n'arriverois jamais, enfin je l'ai trouvé dans un donjon, conversant à ce qu'il m'a paru de très-près avec les intelligences de l'air, & très-dégagé des superfluités terrestres, il étoit dans un enthousiasme si grand, que j'ai été très-long-temps avant qu'il daignât descendre jusqu'à moi, vous n'en serez pas étonné quand je vous dirai qu'il travailloit à une Ode sur le mariage d'un Financier, avec la fille d'un riche Marchand qui fit banqueroute il y a six mois, il m'en a lû quelque chose, ma foi cela m'a paru bien pompeux.....

LE MARQUIS.

Et le sujet comporte effectivement beaucoup d'élévation; enfin quand t'a-t-il promis ce que je lui ai demandé?

FRONTIN.

Il m'a dit, Monsieur, que si vous étiez absolument bien pressé, il avoit dans ſon magazin des piéces de Vers qu'il faiſoit pour lui ou pour des débitans, qu'il n'y avoit qu'à changer les noms, qu'il vous donneroit cela à bon compte, & qu'ils iroient auſſi bien que s'ils avoient été faits exprès pour vous.

LE MARQUIS.

Que diable, qu'il ſe dépêche donc, car j'avois promis des impromptus à tout le monde, & voila déja plus de deux mois que cela traine.

FINETTE.

A ce que je vois, M. le Marquis, votre Poéte eſt comme la Marchande de mode à Madame, avant qu'ils fourniſſent, le goût & la ſaiſon ont le temps de changer.

LE MARQUIS.

Finette a de la juſteſſe & du tact; enfin es-tu été chez le petit Duc, lui dire, que j'étois deſeſpéré de ne pas pouvoir aller à ſa maiſon ce ſoir, que nous nous verrions un moment au ſpectacle? As-tu été chez mon Jouaillier, chez mon Tailleur, chez mon Marchand de chevaux, chez mon Parfumeur? As-tu vû pour ma diligence? Parle, réponds, que diable, tu es aussi là planté comme un terme.

FRONTIN.

Eh, oui, Monsieur, j'ai été partout, & j'ai négligé toutes mes affaires pour faire les vôtres, il ne manque plus que d'avertir le Notaire, & si vous voulez je vais....

LE MARQUIS.

Mais j'espére que ce va être bientôt, & je compte que ce soir.... j'ai pourtant très-peu vu la future, mais ce sont de ces préalables dont on se dispense le plus qu'on peut; qu'en dit Finette? pour moi je me fais un délice, une joye si pure, de pouvoir faire un sort à cette petite Lucie.... d'ailleurs c'est qu'on raisonne pour soi dans le monde, & puisque Finette est dans nos intérêts, il ne faut point lui cacher que le frere de sa maitresse n'est point mort, qu'il arrive avec des biens immenses, qui demain seront vraisemblablement à moi, qu'enfin il est très-satisfaisant de n'avoir point à se reprocher un choix extravagant, & de trouver des avantages qui mettent à même de donner des marques de reconnoissance aux gens qui nous ont paru attachés.

FRONTIN.

Oh, Monsieur, Finette & moi ne sommes point intéressés, mais c'est qu'il convient que les gens qui sont au service d'un homme distingué comme vous, fassent toujours une certaine figure dans le monde.

FINETTE.

J'apperçois ma Maitresse avec sa niéce, il n'est point à propos qu'on nous voye ensemble, retirez-vous tous deux, je vais tâcher de presser les choses & de les amener à une heureuse fin.

SCENE V.

MADAME DE FOLINCOURT, LUCIE, FINETTE, ARLEQUIN.

Me DE FOLINCOURT.

OUI, ma niéce, je vous le dirai naturellement, M. de Brillanville aspiroit à votre main, mais je suis trop votre amie pour vous donner à un homme dont je n'ai pas voulu pour moi-même, c'est un étourdi, un petit maître, un homme né pour le fracas, pour les avantures, pour le changement, qui n'est point fait pour procurer à une femme sensée les douceurs d'un attachement réciproque, & pour une fille raisonnable comme vous, la retraite est préférable en tous points à un engagement de cette espéce.

LUCIE.

Ah, je vous assure ma tante qu'il n'est pas besoin de toutes ces raisons pour m'y déterminer, privée de tout ce qui m'attachoit au monde, j'y renonce sans regret & vous pouvez fixer le moment de ma retraite.

ARLEQUIN.

Et toi Finette, est-ce que tu as envie d'être aussi du voyage? ne vas pas t'aviser de partir pour le Couvent, car j'aimerois encore mieux que tu fus la femme d'un autre, que de ne l'être de personne.

FINETTE.

Tais-toi, imbécille... mais Madame,

il se répand un bruit aujourd'hui qui pourroit changer quelque chose à vos dispositions sur le sort de Mademoiselle, on regarde comme très-positif que Monsieur votre frere n'est point mort, on dit même plus, on assure qu'il est à Paris avec des biens considérables, qu'il va paroître, & je crois que dans la conjoncture présente, la prudence ne vous permet pas d'achever une entreprise...

ARLEQUIN.

Sans doute, si cet homme-là n'est pas mort, il pourroit fort bien nous apprendre à vivre.

Me DE FOLINCOURT.

Taisez-vous impudente, il vous sied bien de me donner des avis, & d'accréditer des impostures vis-à-vis de moi... d'ailleurs... voyons un peu..... je veux bien pour un moment,... eh bien, mon frere est donc ici..... & qui plus est très-riche..... en vérité cela est trop plaisant, je ne le sçaurois pas moi si cela étoit..... je ne l'aurois pas vû...... il ne se seroit pas montré..... pour ça les domestiques sont d'une sotise, d'une crédulité !..

ARLEQUIN.

C'eſt ce que j'ai toujours dit, auſſi quand on a le bonheur d'en rencontrer qui ont une certaine fineſſe, c'eſt un treſor....

FINETTE.

Pardonnez-moi, Madame, mais il me ſembloit vous avoir oui dire qu'il étoit ſorti de la maiſon paternelle encore enfant, que vous n'aviez aucune idée de lui, ainſi vous voyez bien qu'il auroit pû même déja ſe montrer impunément devant vous, & qu'il vous ſeroit totalement inconnu.

Me DE FOLINCOURT.

Ah! très-inconnu, on ne peut pas davantage, & j'eſpére que cela ſera toujours ainſi, mais votre hiſtoire n'en eſt pas moins abſurde, moins pitoyable; pour vous, ma niéce, je vous crois trop ſenſée pour adopter de pareilles chimércs, ainſi puiſque vous êtes aſſez raiſonnable pour ſentir que je ne cherche que l'intérêt de votre tranquillité, nous allons au moment même partir pour votre Couvent, car je ne vous cacherai point que ce ſoir, à mon retour, j'épouſe M. le Comte de Colizan, & vous concevez qu'il eſt inutile qu'une jeune perſonne ſoit préſente à ces ſortes de choſes.

LUCIE.

Vous épouſez ce ſoir, M. le Comte de Colizan, Madame, . . . *à part.* Juſte ciel ! quel coup de foudre ! ah ! Finette, allons enſevelir mon deſeſpoir & mes larmes, *haut.* Allons, Madame, il ne me reſte plus qu'à vous ſuivre & mourir.

FINETTE.

Ne vous laiſſez point abbattre, Mademoiſelle, & comptez qu'un ſecours imprévû. . . .

ARLEQUIN.

Permettez, Madame, que je vous faſſe mes petites repréſentations, c'eſt qu'il pourroit bien prendre auſſi à Finette un petit mouvement de ferveur, & comme elle ni moi, n'avons point de pere à craindre ni à eſpérer, je ne vois pas à quoi la retraite pourroit la mener. . .

Me DE FOLINCOURT.

Oh je te permets de t'y oppoſer ſi la

fantaisie lui en vient, pour vous, ma niéce, c'est un petit moment de foiblesse que le Couvent dissipera, allons, suivez-moi.

SCENE SIXIÉME ET DERNIERE.

LA MARQUISE, LUCIE, LE MARQUIS DE BRILLANVILLE, FRONTIN, FINETTE, ARLEQUIN, ARISTE, ET LE COMTE DE COLIZAN *surviennent.*

LE MARQUIS.

MONSIEUR Ariste que j'ai trouvé à quelques pas d'ici, avec M. le Comte, m'a assuré que ma présence étoit nécessaire dans l'instant, j'arrive, Madame, confondu, extasié de cet air de mystére.....

Me DE FOLINCOURT.

Ah! c'est une bagatelle,... je sçai ce que c'est,... après tout il n'y a point de finesse à cela,... vous sçaurez tout,... pardon, Messieurs je vais ici près avec ma niéce..... à mon retour tout s'éclaircira... c'est une plaisanterie... je suis à vous dans un moment.....

ARLEQUIN.

Oui, nous avons des mariages... des Couvents..... cela me réjouit, me fend le cœur, au fond il ne faut qu'un quart d'heure pour finir toutes ces miséres-là.

M. ARISTE, *arrivant.*

Non, arrêtez, Madame, il faut se décider, & puisqu'il n'est plus temps de faire un mystére de l'union que vous voulez contracter avec M. le Comte, je dois vous dire à mon tour que les choses n'ont pas tourné comme je l'espérois : voici la Lettre de M. le Duc, je vais vous la lire, afin que vous preniez votre parti en conséquence.

Il lit.

» Je suis au désespoir, (mon cher » Ariste), je n'ai pu obtenir ce que je » demandois, cela a souffert des diffi- » cultés, & la future ne doit point es- » pérer d'avoir, du moins pour le pré- » sent, le rang qui paroît tant la flatter, » au reste, si vous l'avez trouvée digne » de mon fils, il n'est pas possible que

» ce petit contre-temps puisse refroidir » un cœur tel que celui que je suppose » à quelqu'un, qui me vient de votre » main, quoiqu'il en soit, j'approuve » tout ce que vous ferez, & suis, &c... Hé bien, Madame, à quoi vous déterminez-vous?

Me DE FOLINCOURT *d'un air embarrassé.*

Mais.... je pense toujours de même,... il faudra voir,... on a des amis, il n'y a qu'à les employer,... en vérité, mais ils sont bien singuliers à cette cour,... au surplus, il n'y a qu'à se donner des mouvemens, M. le Comte est bien jeune,...... & un petit délai...

ARISTE.

Ne sert qu'à vous démasquer, perfide! Approchez Lucie, & jouissez du rang qui faisoit l'objet des desirs de cette ame ambitieuse & vénale, le consentement de M. le Duc ne regarde que vous, je vous unis au Comte, son pere m'en a donné le pouvoir & j'assure votre bonheur par le mien.

Me DE FOLINCOURT.

Par le sien? par le sien? mais, mais en

vérité cher homme, vous extravaguez, ne diroit-on pas qu'il est quelqu'un ici ?

ARISTE.

Oui, j'y suis quelqu'un, & quelqu'un de bien redoutable pour vous dans ce moment-ci ; reconnoissez-moi, sœur imprudente, reconnoissez le malheureux Comte de Furval, que vous trahissez avec tant de barbarie, Lucie, ma chére Lucie, embrassez votre pere.

LUCIE *se jettant à ses genoux.*

Ah ! mon pere, mon cher Ariste ! mes sentimens pour vous sont les mêmes, à peine peuvent-ils augmenter.

LE COMTE.

Que vois-je ? Grands Dieux ! je retrouve le pere de Lucie dans un homme respectable, dans un homme qui m'en a servi à moi-même.

Me DE FOLINCOURT.

Oh, pour ça voila l'histoire la plus délicieuse, le conte le mieux imaginé...

ARISTE.

C'est une vérité cruelle pour vous, dont il me sera aisé de vous convaincre, instruit à mon retour des Indes de tous les travers auxquels vous vous laissiez emporter, j'imaginai ce déguisement pour me mettre à portée de m'éclaircir par moi-même de ce qui ne me paroissoit que trop à craindre pour ma malheureuse fille, l'ancienne amitié qui nous unissoit le pere du Comte & moi, m'a favorisé, notre alliance a été projettée dès-lors, de concert avec lui je me suis mis en qualité de Gouverneur auprès de son fils, je vous suis, je vous examine, depuis ce temps, je n'ai que trop été témoin de vos foiblesses & de vos projets, je m'y oppose en faisant revivre des droits plus légitimes.

Me DE FOLINCOURT.

A part. Cela est cruel, ... mais ne nous démentons point, *haut à Ariste*, comment vous êtes mon frere, ... mais, mais en vérité cela est d'un rare, d'une singularité, ... d'autant mieux que moi qui suis née avec des entrailles, la nature ne me parle pas pour vous jusqu'à un certain point.

ARLEQUIN.

Comment diable! je ne m'y serois

pas attendu, cela m'attendrit à un point que j'en pleurerois, si la phisionomie de cês gens-là ne me faisoit pâmer de rire.

LE MARQUIS.

Parbleu, ... comment donc...., voila du pathétique, je ne me serois pas imaginé de figurer aujourd'hui dans une avanture semblable.....ah, ça, Messieurs, concluez, car il se fait tard, Frontin, mon Carosse est-il là-bas?

FINETTE.

Monsieur, faut-il aller vîte chez vôtre Poéte, vous commander une Epithalame?

FRONTIN.

Mademoiselle Finette, que cela soit fini entre vous & moi, s'il vous plaît, ne me voyez de votre vie.

ARLEQUIN.

Eh, va va console-toi mon enfant, tu m'auras en échange, tes pareilles ne trouvent pas toujours des marchez comme ceux-là.

Me DE FOLINCOURT.

Marquis, mais ne devions-nous pas souper à la campagne, un de ces jours, il n'y a qu'à y aller ce soir, qu'on mette mes chevaux, j'ai la tête prise à un point..... adieu mon frere..... ah, ça, sans façon, disposez de ma maison, je vous la laisse pour les nôces, & je crois gagner encore beaucoup à ce marché-là, finissez donc, Marquis, vous êtes d'une longueur...

LE MARQUIS.

Allons, Madame, je vous suis, mais c'est que nous arriverons à minuit, cela est d'une indécence! d'un désordre! bonsoir, vous autres, demain vous serez plus humiliés que nous.

ARLEQUIN.

Je serai donc aussi du nombre des humiliés, ah! Seigneur Arlequin, présage sinistre pour votre nouveau ménage.

ARISTE.

Méprisons des propos si frivoles, le châtiment n'en existe pas moins au fond de leur cœur, & nous, allons mes chers enfans, achever une union si bien assortie, & hâtons-nous de quitter une maison si dangereuse pour la vertu, & où tout ne respire que la fatuité, le vice & la perversion.

Fin du troisiéme & dernier Acte.

APPROBATION.

www.ingramcontent.com/pod-product-compliance
Ingram Content Group UK Ltd.
Pitfield, Milton Keynes, MK11 3LW, UK
UKHW021043230726
13926UKWH00004B/1632